Les éditions H&O reçoivent le soutien
de la Région Languedoc-Roussillon

la Région
Languedoc
Roussillon

Pour être tenu régulièrement informé de nos publications,
il suffit de nous faire parvenir vos nom et adresse à:
H&O éditions - BP 90 - 34502 Béziers cedex
ou de consulter notre site web: www.ho-editions.com

L'autre Dracula

ou Les carnets secrets de Jonathan Harker

Dans la même collection

Parce que c'était lui	Roger Stéphane
Le petit galopin de nos corps	Yves Navarre
Ma moitié d'orange	Jean-Louis Bory
Hombres	Verlaine
Alcibiade enfant à l'école	Antonio Rocco
Les hommes au triangle rose	Heinz Heger

Ce livre est initialement paru
en 1997 aux éditions Blanche.

ISBN 2-84547-104-1

Tony Mark

L'autre Dracula

ou Les carnets secrets de Jonathan Harker

édition revue et corrigée

H&O
POCHE

AVANT-PROPOS

Dracula, le roman de Bram Stoker, recelait un mystère. Des années de lectures répétées, de travaux et de recherches sur le mythe le plus funèbre et le plus fascinant qui ait jamais été créé par l'imagination de l'homme m'en avaient convaincu. Des années de questions, de doutes — et de certitude, au fond de moi, que tout n'avait pas été dit, que l'essentiel demeurait caché, consciencieusement camouflé aux yeux des foules. J'en avais le pressentiment ; il existait une autre version de *Dracula* qui, pour une obscure raison, était restée cachée depuis près d'un siècle, depuis ce mois de mai 1897 où le roman était paru pour la première fois à Londres chez Constable & Cie. Certaines questions, certains aspects du récit, certains comportements des personnages demeuraient pour bon nombre de lecteurs sans réponse, dans le flou. La plupart des personnages du livre gardaient des zones d'ombre. Pourquoi ? Maladresse d'écriture de l'auteur ? À moins que celui-ci ait eu peur de heurter la conscience bien-pensante de toute une société s'il lui révélait, dans le miroir du roman, son véritable visage ? Cette société victorienne pour laquelle les pulsions les plus intimes et les plus naturelles se devaient d'être sacrifiées sur l'autel des apparences, de la morale et de la bienséance.

Le doute subsistait. Or, un jour, la réalité devait se manifester à moi en dépassant tout ce que j'avais imaginé. Quand d'autres travaillaient en Roumanie sur des documents relatant les méfaits de Vlad Tepes, le personnage historique à l'origine du roman de Stoker, mes propres recherches me conduisirent, à l'opposé, sur les traces du héros littéraire, à Whitby, un petit port de pêche du nord de l'Angleterre, dans le Yorkshire, où il est aisé de retrouver l'empreinte non seulement de tous les héros de *Dracula*, mais aussi celle de Bram Stoker lui-même ! Là, je fis par hasard la connaissance d'un libraire, un homme sans âge qui, après que je lui eus confié la raison de mon voyage, ma passion pour l'œuvre de Stoker et ma fascination pour son personnage, le vampire majestueux, me dit qu'il avait quelque chose à me montrer qui serait sans doute susceptible de m'intéresser. Et c'est ainsi qu'un soir, alors que le soleil jetait ses derniers feux sur les falaises et que l'ombre menaçante de l'abbaye s'allongeait toujours davantage, le vieux libraire me demanda de le suivre au fond de son échoppe, dans son bureau. Dès l'entrée, je sentis qu'une découverte capitale m'attendait, mais j'étais encore loin d'en imaginer l'importance, ni la chance que j'avais eue en pénétrant pour la première fois dans cette librairie.

Visiblement ravi de pouvoir enfin « passer le flambeau », le vieil homme plongea dans un secrétaire rongé par les vers et en sortit un journal manuscrit, jauni par le temps, aux pages déchirées, cornées, raturées, et qui de toute évidence avaient été fort malmenées par le temps comme par ses propriétaires successifs. Le libraire, plein de malice et de fierté, me le tendit en disant :

— Lisez !

Mes yeux s'écarquillèrent sous l'effet de la surprise : *Jonathan Harker — Journal de Transylvanie — Mars à novembre 1896*, soit un an exactement avant la publication officielle du roman de Bram Stoker !

Je le feuilletai et constatai qu'il était écrit en un style moins ampoulé que l'officiel, plus spontané, ce qui en attestait l'authenticité. Le journal commençait à la date du 15 mars, à Londres, soit un peu plus d'un mois avant le départ du jeune Harker pour la Transylvanie, et il s'étalait sur toute la période où Dracula le retint prisonnier dans son château, ainsi que sur les semaines qui suivirent son retour en Angleterre.

Dès la première lecture, il m'apparut évident qu'il y avait eu *deux* journaux de voyage tenus par Jonathan Harker, mais que celui que j'avais sous les yeux n'avait jamais été publié. Le journal cité dans le roman *Dracula*, s'il n'était pas un faux, avait été, à l'évidence, tronqué, édulcoré, amputé… peut-être même de l'essentiel ! J'avais entre les mains *la révélation du siècle* !

Devant mon étonnement et ma joie, le vieux libraire m'apprit sur le ton de la confidence qu'il s'agissait là d'un exemplaire unique que son père avait trouvé au début du siècle dans le grenier de l'une des maisons du Crescent, ce groupe de bâtisses à colonnes, typiques de l'architecture anglaise, caché par le Royal Hôtel… à l'endroit même où Stoker a situé la demeure de Lucy à Whitby.

Stoker, qui avait séjourné à de nombreuses reprises dans cette ville, l'avait sans doute oublié, ou volontairement abandonné, et si la version officielle était incomplète, il m'appartenait d'en révéler la raison grâce à cette « variante » que je venais de découvrir.

Car j'avais bien entre les mains, enfin, la preuve que Bram Stoker n'avait pas tout dit. En lisant le manuscrit, je compris vite qu'il n'avait pas voulu, ou pas osé, relater l'intégralité d'un récit qui avait tout pour mettre le feu aux poudres, pour déclencher le scandale et le malaise dans une société à laquelle il démontrait qu'à l'instar de son plus grand poète, Oscar Wilde, crucifié en place publique pour avoir eu le courage de vivre au grand jour des penchants que d'autres cachaient avec précaution, le plus typique de ses représentants, un jeune clerc de notaire anodin, en apparence parfaitement respectable, pouvait, lui aussi, être habité par des pulsions jugées en ce temps-là malsaines et contre nature, qu'il pouvait (lui comme tous les autres d'ailleurs!) « basculer » soudainement dans le monde du stupre et de la luxure — qu'il pouvait en somme, et de façon très naturelle, céder à l'appel des sens et du plaisir!...

C'est ce journal donc, écrit de la main même de Jonathan Harker, clerc de notaire à l'étude Hawkins de Londres, que le lecteur va pouvoir découvrir pour la première fois dans les pages qui suivent.

Tony MARK

PREMIÈRE PARTIE

Londres, le 15 mars 1896

J'ai décidé d'entamer ce Journal aujourd'hui, après une dispute avec Mina. Mina, la douce Mina, que je souhaite tant épouser, à qui je voudrais tant prouver mon amour, avec qui j'aspire à passer ma vie ; Mina dont je rêve chaque nuit — pourquoi me le cacher ? — de découvrir enfin le corps, mais qui se refuse à moi avec autant obstination que de véhémence. Comment lui faire comprendre qu'un homme de mon âge a naturellement besoin d'amour, d'amour physique, et que cette attente me tue, qu'elle me détruit plus sûrement que le plus redoutable poison ? Voilà des mois que nous nous connaissons, que nous évoquons des projets de mariage. Pourtant celui-ci ne pourra se conclure tant que ma situation financière ne me permet pas de devenir chef de famille, tant que « notre » avenir n'est pas assuré. Combien de mois vais-je encore devoir attendre avant d'obtenir le droit de la serrer nue dans mes bras, de couvrir son corps de baisers brûlants sans que la morale en soit offensée ?... Quand donc ces nuits de solitude finiront-elles ? Parfois, le désir embrase mon corps et déchire mon âme.

Combien la vie est cruelle de ne pas nous accorder ce que tout être qui aime est en droit d'attendre !

Londres, le 3 avril 1896

Journée chargée à l'étude. Après un bref entretien avec Maître Hawkins, celui-ci m'a laissé entendre qu'il souhaitait à l'avenir se décharger sur moi du plus grand nombre des contrats, mais qu'avant de prendre de telles dispositions il était nécessaire que je fasse mes preuves sur quelques affaires difficiles.

Ce serait une chance inespérée de montrer à Mina quelles perspectives d'avenir me sont offertes. Peut-être sera-t-elle plus disposée à céder à mes avances avant le mariage. Comment lui faire entendre raison ? Mon désir pour elle est si ardent, et son refus d'y répondre m'attriste et me frustre tant ! Pourquoi cette épreuve d'endurance alors qu'un seul désir m'anime : lui offrir le bonheur ? Comment lui faire comprendre sans la choquer qu'il m'est de plus en plus intolérable de passer mes nuits à me faire l'amour à moi-même, comme un misérable, alors que nos deux corps n'aspirent qu'à s'unir ?

Londres, le 5 avril 1896

J'ai passé une nuit blanche. La soirée fut des plus agréables et, avec les prémices du printemps, les journées devenues un peu plus chaudes, les femmes commencent à se vêtir de toilettes légères et transparentes qui m'inclinent aux songeries. Ce soir Mina, ma Mina, était resplendissante dans un chemisier en dentelles qui laissait deviner sa superbe poitrine. Par moments, il me semblait apercevoir, au gré de sa respiration, la pointe de ses seins darder à travers l'étoffe. De fugaces images envahissaient mon esprit en la regardant. Je m'imaginais la renversant sur le sofa, dégrafant son corsage et mordillant avec avidité ses tétons durcis... Mon Dieu, si elle savait! Elle serait furieuse et sans doute honteuse, voire peinée, de connaître les pensées qu'elle m'inspire. Et pourtant, ce devrait être le contraire: quelle plus belle marque de dévotion que l'appétence que l'on éprouve pour quelqu'un? Enflammer le désir de l'être aimé, n'est-ce pas la preuve la plus flagrante que l'on est vivant, que l'on représente pour lui quelque chose de positif, de beau et d'important? Ne devrait-on pas se sentir valorisé au plus haut degré lorsque son corps éveille tant d'ardeur et de convoitise? Le pire n'est-il pas, au contraire, de ne plus susciter aucun sentiment ni aucun appétit chez personne? Ma Mina, pourquoi faut-il que tu restes prisonnière de ces conventions stupides et hypocrites qui rendent la vie des hommes et des femmes si triste, si douloureuse et si vaine? Nous serions tellement heureux si nos deux corps pouvaient se parler en toute intimité, sans fausse pudeur ni retenue!

Le 7 avril

Ça y est! Je crois que l'occasion rêvée se présente enfin!

Ce matin Mr Hawkins m'a parlé d'une affaire qui nécessite un voyage bien trop fatigant à son âge et pour laquelle, selon ses termes, « je parais tout indiqué ».

Un vieux noble habitant une contrée perdue souhaite acheter une demeure à Londres. Il a, semble-t-il, des exigences un peu particulières. Il désire une vaste propriété, loin des regards, mais n'exige pas qu'elle soit dans un état irréprochable. Mr Hawkins a examiné en détail cette demande et croit avoir trouvé la propriété qui répond exactement aux vœux de son client : Carfax, une ancienne bâtisse abandonnée depuis des lustres. Réussir à la vendre serait inespéré car personne, depuis que je travaille à l'étude, n'a jamais manifesté le souhait de s'en porter acquéreur, ni même seulement de la visiter !

Cet acheteur potentiel a cependant une requête ; il exige qu'un représentant de l'étude vienne sur place, en Transylvanie, pour discuter des termes de la transaction et répondre en personne à toutes ses questions. Mr Hawkins semblait tout désigné pour satisfaire à cette demande, mais un tel voyage, à son âge, lui paraît bien périlleux, pour ne pas dire déraisonnable. Il a donc avancé l'idée de m'y envoyer à sa place !...

Serait-ce, enfin, un signe du destin ? La vie me sourirait-elle enfin ?

Le 8 avril

La chance s'est visiblement rangée de mon côté. Après une nuit de réflexion, Mr Hawkins a pris sa décision : il me mandate pour le représenter auprès de notre client. Je devrais partir bientôt !

Il faut simplement que je visite la propriété de Carfax avant mon départ afin de pouvoir en donner une description exacte à notre client.

Le 10 avril, 14 heures

Mr Hawkins vient de me donner les clefs de la demeure de Carfax afin que j'aille en dresser l'état des lieux. Nul doute que je doive m'attendre à découvrir « une vieille ruine » puisque personne, depuis plusieurs années, ne s'en est occupé. Je sais déjà que de nombreuses fenêtres sont privées de vitres, que certaines cheminées ont été détruites et que la toiture est dans un état déplorable.

Le petit parc entourant le domaine est lui aussi à l'abandon, mais là n'est pas le plus important.

Le plancher des étages supérieurs n'est pas en meilleur état : tous les parquets doivent être remplacés. En fait, ce qui semble le moins délabré, ce sont les sous-sols ! Je crois d'ailleurs qu'un bras souterrain de la Tamise passe sous Carfax, mais je n'en suis pas totalement certain, aucun document officiel ne mentionnant cette particularité.

Si je parviens à conclure cette vente, malgré tous les inconvénients de cette demeure, je crois bien que je serai capable de mener à bien n'importe quelle opération par la suite… et que j'aurai ainsi toutes les chances de devenir « inestimable » pour l'étude Hawkins !…

Le 25 avril

Maître Hawkins semble finalement pressé de me voir régler cette affaire au plus tôt, il m'a demandé de me mettre en route dès que possible ; mon départ est donc fixé pour dans deux jours. Je suis à la fois heureux d'avoir là l'occasion de prouver ma valeur, mais, dans le même temps, je me sens peiné de devoir quitter Mina avant d'avoir pu l'épouser. Les tentations sont nombreuses dans une grande ville comme Londres (même si Mina doit prochainement accompagner Lucy à Whitby, une petite ville en bord de mer, dans le Yorkshire, pour passer quelques semaines dans la maison de vacances de sa famille) et une séparation aussi longue (un bon mois) peut avoir des conséquences fâcheuses pour un couple que les liens sacrés du mariage n'ont pas encore uni. Oh certes, je ne doute pas de la fidélité de Mina ; d'autant que son chaperon est sa meilleure amie, Lucy, que j'aime tendrement elle aussi, car elle est charmante et qu'elle est pour Mina comme une sœur. Je sais qu'elles ne courent aucun danger ensemble, surtout dans une aussi petite ville que Whitby, mais une jeune femme peut toujours être attirée par la nouveauté, par ce qui brille ou intrigue, et qui sait ce qui adviendrait si un autre homme entrait dans sa vie ?... Non, je ne veux pas y penser, cette idée est stupide, indigne de l'affection et de l'amour que je lui porte ; il ne saurait être question entre nous de méfiance ou de soupçons. Mais mon âme et mon corps sont lourds de n'avoir toujours pas pu lui témoigner charnellement ma flamme. Je devrai encore faire preuve de patience jusqu'au jour béni où...

Le 27 avril

Les dés sont jetés. Me voici dans le train. J'ai embarqué à Charing Cross en fin d'après-midi. Nous serons bientôt en vue de la côte, d'où je prendrai un bateau pour la France et, de là, à nouveau le train jusqu'à Munich. Un étrange sentiment m'assaille : un pincement au cœur à l'idée de m'éloigner de Mina et de l'Angleterre... avec, dans le même temps, une sorte de vertige, d'exaltation liée à l'idée de liberté... comme un oiseau captif qui, pour la première fois, verrait s'ouvrir les portes de sa cage et s'envolerait à la découverte du ciel.

Bistritz, le 3 mai

Déjà une semaine que j'ai quitté Londres, et surtout Mina.

Hélas pour moi, même la perspective de mon prochain départ et d'une séparation de près d'un mois n'ont su fléchir la détermination de Mina à repousser mes avances. « La consommation du mariage ne peut s'envisager qu'après le mariage ! » s'est-elle contentée de répliquer de façon à clore, sans appel possible, ce chapitre. Comment les autres hommes font-ils ? Plus les jours passent, plus mon désir est attisé. Seul ce journal intime peut en recevoir la confidence, mais voilà des semaines et des semaines que je m'épuise vainement chaque nuit, solitaire, à caresser mon sexe jusqu'à ce que des flots de liqueur chaude inondent mon ventre, seule solution pour trouver un semblant de sommeil.

Que d'heures perdues ! Que de semence épuisée pour rien. Faut-il que les femmes soient prudes ou inconscientes ! Mina, aurai-je la force et la patience de te rester fidèle jusqu'au jour de notre mariage ? Malgré tout mon amour, il me semble qu'aucun homme ne saurait endurer si longtemps l'abstinence à laquelle tu me condamnes. Fasse que le ciel me donne la force de ne pas succomber à la tentation au cours de ce voyage vers des contrées lointaines. Si des occasions se présentaient malgré moi (je veux dire, sans les rechercher sciemment !), aurai-je assez de courage pour y résister ? Parfois, mon désir est si vif qu'il me semble que je serais capable de céder à n'importe qui, de m'adonner à n'importe quelles caresses, pourvu qu'au bout il y ait le plaisir et que mon corps trouve enfin l'apaisement !... Seigneur, Dieu veuille que jamais Mina ne lise ce journal ! Mais je dois à l'honnêteté de dire les choses telles qu'elles sont et ne pas me réfugier derrière l'habituelle hypocrisie dans laquelle nous vivons !

Bistritz, le 3 mai, 21 h 45

Ce voyage commence sous d'inquiétants auspices. Une situation imprévue m'a troublé plus que je ne saurais le dire. En tout cas, plus que je ne l'aurais pu prévoir.

Je suis arrivé en fin d'après-midi à l'auberge. L'endroit est plaisant, la façade du bâtiment principal déborde de fleurs blanches, des fleurs d'ail, me semble-t-il et l'intérieur est aussi décoré de chapelets de cette plante.

Mina adorerait cet endroit. Mina, pauvre Mina, comme tu serais furieuse si tu savais l'idée qui m'a traversé l'esprit tout à l'heure ! Il est bientôt dix heures du soir. Après avoir dîné, j'ai voulu aller fumer dehors. Il faisait bon aujourd'hui, le ciel était dégagé. C'était une soirée idéale pour prendre un peu de repos après ce voyage harassant depuis Londres. Je flânais donc près des écuries en fumant, lorsque soudain je me trouvai nez à nez avec le cocher de la diligence qui m'avait conduit de la gare de Bistritz à l'auberge des Quatre Saisons.

C'était un grand beau gaillard d'une trentaine d'années, solidement bâti. Il se tenait debout, les jambes écartées, comme planté dans le sol. Distrait comme je le suis, je n'avais pas remarqué qu'il était en train de satisfaire un besoin naturel.

Il était donc là, devant moi, le sexe à la main… un sexe si long, si majestueux, si épais… que j'en restai bouche bée, comme hypnotisé… Ma surprise l'amusa, et, loin d'être intimidé, il continua d'exhiber son membre, non sans une apparente fierté (fort légitime, je dois l'avouer !), alors qu'il avait pourtant terminé d'uriner. Imperceptiblement, son mandrin prenait du volume sous mes yeux. Bien que je fusse, jusqu'ici, resté insensible aux charmes de la gent masculine, je dois avouer qu'en mon for intérieur je me trouvais pour le moins « ébranlé », troublé par cette vision. Je sentis les battements de mon cœur s'accélérer, ma gorge devenir soudain sèche comme au plus chaud d'une journée d'été. Et sans doute mes joues s'empourprèrent-elles, car le cocher ne put réprimer un sourire moqueur (et satisfait).

Il agita une dernière fois son membre volumineux, puis il le fit prestement disparaître dans son pantalon, referma sa braguette et s'éloigna d'un pas nonchalant vers un recoin de l'étable… tout en se retournant avec un air entendu, comme pour m'inviter à le suivre.

Vers quel enfer cherchait-il à m'entraîner ? Quelle panique me saisit ? Mes jambes semblèrent se dérober sous moi. En une fraction de seconde, mille sentiments contradictoires m'assaillirent. Je ne savais plus ce que je désirais vraiment. En fait, je crois bien que je n'osais pas nommer mon désir. J'avais peur d'imaginer les désordres auxquels je m'exposais.

J'avais terriblement envie de céder à l'interdit… Une petite voix intérieure me disait : « Vas-y ! N'hésite pas ! Tu en meurs d'envie. L'occasion est trop belle. Ici, tu es loin de tout, personne ne saura rien. Pourquoi refuser ce plaisir ? Ose, une fois dans ta vie, ce que beaucoup n'auront jamais l'opportunité d'essayer ! Il n'y a aucun risque… »

Torturé par le désir, mais rongé de culpabilité (j'étais arrivé depuis à peine quelques heures que déjà ma fidélité envers Mina était mise à l'épreuve et que déjà j'étais près de succomber !), je n'osai céder à ce démon tentateur. Je montai dans ma chambre et me voici en train d'écrire, avec l'espoir de calmer mon trouble. Pourtant, je sais qu'une partie de moi désire plus que tout redescendre cet escalier, courir dans cette remise et là, dans le noir, déboutonner ce pantalon garni de tant de mystères et de promesses. Comme cette partie de moi aurait envie de prendre à pleines mains cette grappe de chair, de la palper avec délicatesse pour la voir s'épanouir dans toute sa splendeur, grandir comme une fleur vénéneuse et déverser sur mes doigts sa laitance épaisse et tiède!... Mon Dieu, non, si Mina lisait cela! Il ne faut plus y penser. Il faut que je dorme. Demain, je dois reprendre la route. Le voyage m'occupera et me distraira de ces folies...

Le 4 mai, 9 heures

Un curieux événement s'est produit tout à l'heure. Johann, le cocher, a disparu pendant la nuit. Il devait être là ce matin pour m'accompagner au château du comte Dracula, or nul ne l'a plus aperçu depuis hier soir. En fait, il semble bien que je sois la dernière personne à l'avoir vu! Qu'a-t-il bien pu lui arriver? Personne à l'hôtel n'en a la moindre idée. Selon les dires de Herr Delbrück, l'aubergiste, ce n'est pas dans les habitudes de Johann de disparaître ainsi, surtout à la veille de conduire un client. Sa disparition semble avoir suscité un réel émoi dans le voisinage, sérieusement perturbé la population du petit bourg et, par ricochet, elle contrarie aussi mes projets puisque personne ne semble vouloir me conduire au col de Borgo où j'ai pourtant rendez-vous ce soir. Une voiture envoyée par le comte doit venir m'y chercher vers minuit. Me voilà bien ennuyé.

Même jour, 16 heures

Sauvé! Toujours aucune nouvelle de Johann, mais, en y mettant le prix, j'ai réussi à trouver quelqu'un qui accepte de me conduire là où le comte doit me faire prendre, à la condition expresse que ce soit avant la nuit.

Les gens d'ici semblent très superstitieux. Certains m'ont même adressé des mises en garde que je qualifierais de saugrenues. Ainsi, Herr Delbrück m'a-t-il tout simplement conseillé de ne pas me rendre à mon rendez-vous.

— Les gens du château ne sont pas comme nous ! m'a-t-il lancé en me fixant avec un regard plein de sous-entendus.

J'ai eu toutes les difficultés du monde à lui faire comprendre que je devais traiter là-bas une affaire importante et qu'aucune considération ne pourrait me dissuader de remplir la mission qui m'a été confiée.

Le 5 mai au soir

Me voici à présent chez notre client, le comte Dracula. Étrange demeure. Étrange personnage... Étranges sensations aussi.

L'homme qui m'a accueilli présente un curieux contraste. Il a l'apparence « furtive » — je dis bien « furtive » —, d'un vieillard, mais d'un vieillard qui serait resté jeune ! Cela peut paraître incongru et contradictoire mais, d'une seconde à l'autre, il semble plus jeune ou plus vieux, en fonction de la lumière et de l'instant. Ses cheveux et sa moustache, poivre et sel, lui donnent une allure un peu austère, et sans doute est-ce ce détail qui laisse à penser que l'on a affaire à un vieillard; mais son corps est svelte et sa démarche souple, d'une vigueur et d'une jeunesse incroyables. Sa poignée de main est ferme, dure, presque douloureuse, mais en même temps le contact de sa peau est doux, chaleureux. Son regard est franc, il vous transperce en plongeant droit dans vos yeux, à tel point qu'il vous semble être percé à jour jusque dans vos pensées les plus intimes.

Il a l'air rusé, mais un charme indéniable atténue ce qui chez lui pourrait paraître trop rude, de sorte que ce qui au départ risquerait de rebuter peu à peu devient attirant… Mais j'en parle avec une certaine fascination, dirait-on! Oui, c'est vrai. Quel homme fascinant! Comment expliquer cela? Au premier contact, au premier regard, il fait presque peur. Quelque chose d'inhabituel se dégage de lui, de sa prestance. Un léger sentiment de malaise m'étreignit lorsqu'il ouvrit la porte et que sa silhouette se détacha pour la première fois de la pénombre. Il m'apparut inquiétant… puis, à mesure que progressait notre premier entretien, cet aspect inquiétant s'est mué en… une certaine attirance, oui, pourquoi ne pas dire le mot… Sans doute est-ce là le charme des grands boyards pour qui avoir un ascendant sur son entourage est quasiment une obligation de caste.

Il s'est montré très empressé, m'a avoué n'avoir pas reçu d'hôte dans son château depuis des lustres. Il a été passablement intéressé par le mode de vie londonien, m'a questionné sur moi, sur ma propre existence. Il était curieux de savoir si j'étais marié, si je vivais seul. Un soupçon m'a fait lui cacher l'existence de Mina.

Pourquoi ? Je ne sais pas. Peut-être la crainte irrationnelle qu'elle ne m'échappe, qu'on ne me la vole. Mais qui pourrait me voler Mina ? Lui ? Un être sans âge, perdu à des milliers de kilomètres de l'Angleterre ? Non, c'est stupide… Alors, si ce n'est pas cela, quelle raison m'a fait lui cacher que j'allais épouser Mina à mon retour ?

Un peu plus tard

Je reprends le cours de ce Journal. Après m'être reposé dans ma chambre environ une heure, je suis descendu pour dîner dans la grande salle du château. Le comte m'y attendait. Seul.

Un étonnant buffet avait été préparé. Une table couverte de victuailles, de pâtés de toutes sortes, de charcuteries et de pâtisseries, était dressée ; sans compter les vins et les vieux alcools. Le comte Dracula déclara ne pas supporter la viande froide, puis il me pria de m'installer et d'agir comme si j'étais chez moi. Il m'offrit un vin capiteux d'un rouge presque sanglant dans une superbe carafe en cristal de Baccara et, après s'être installé confortablement dans un fauteuil, il me posa de nouveau mille questions en me regardant manger.

Curieusement, à moins que ce ne fût l'effet du vin, il m'a paru plus jeune qu'au moment de mon arrivée au château, en fin d'après-midi. Mais peut-être était-ce dû aux reflets des flammes du grand feu de bois qui brûlait dans l'immense cheminée, au centre de la pièce. La chaleur et l'alcool aidant, l'ambiance s'est peu à peu détendue, et nous en sommes venus à discuter presque d'égal à égal. Je n'oserais parler de familiarité, mais cette longue conversation près de l'âtre fut des plus agréables. Vers minuit, le comte s'est levé, laissant entendre que le voyage m'avait sans doute fatigué et que je devais avoir besoin de prendre un repos bien mérité. Il se déplaça avec une grâce toute féline, vint se poster derrière mon dos tandis que je coupai une dernière tranche de gâteau aux épices et posa la main sur mon épaule en me souhaitant la bonne nuit. Est-ce la surprise ou le contact de sa main ? Je tressaillis et me coupai légèrement le doigt avec le couteau. Sa main pressa alors mon épaule avec force, il se déplaça sur mon côté droit, se baissa pour être à ma hauteur et là, saisissant mon doigt blessé avec délicatesse, il le porta à sa bouche et lécha voluptueusement la coupure.

Cette minute fut étrange, comme suspendue dans le temps, entre rêve éveillé et réalité. Une sensation curieuse m'envahit. Cette succion équivoque de mon doigt me troubla. J'eus soudain du mal à respirer. Poursuivant cet étrange soin avec une lenteur étudiée, il me regardait fixement, comme dans l'attente d'autre chose. Il cessa soudain, se releva et me dit d'une voix enjôleuse : « Vous êtes fatigué, je crois. Montez donc vous coucher, je viendrai voir si vous ne manquez de rien dans un moment ! » Puis il sortit de la pièce comme un acteur quitte la scène.

Je suis à présent de retour dans ma chambre. Sans doute ai-je trop bu, je me sens un peu ivre. J'ai chaud. Je viens de faire ma toilette. J'aime retrouver l'odeur du savon anglais qui parfume mon corps, c'est un peu de l'Angleterre que je garde avec moi. Je n'ai pas sommeil, mais une douce torpeur m'envahit. La chambre aussi est chauffée par une immense cheminée. Si j'osais, j'aimerais m'étendre, nu, devant le feu, pour attendre le sommeil… Mais non. Le comte pourrait venir. Je vais me mettre au lit.

Le 7 mai au matin

J'ai dormi. Profondément. D'un sommeil lourd. Pourtant ma nuit a été peuplée d'étranges rêves… de rêves érotiques… Des rêves érotiques dont, j'ai honte à me l'avouer, Mina était absente !

Je m'étais couché l'esprit quelque peu embrumé par le vin capiteux que m'avait offert le comte. Quel plaisir, ce contact avec des draps neufs et propres ! Je sentais l'étoffe sur ma peau. J'écoutais le crépitement des bûches dans l'âtre. Peu à peu j'ai basculé dans le sommeil, imperceptiblement, et c'est alors que le rêve est arrivé…

La porte de ma chambre s'est ouverte toute seule, lentement, une ombre gigantesque, déformée par la lumière du feu, s'est profilée sur le mur et *il* est entré.

Lui, le comte… Il paraissait encore un peu plus jeune qu'au cours du dîner. Peut-être était-ce parce qu'il était vêtu moins solennellement. Il ne portait qu'une chemise à jabot blanche, ouverte sur sa poitrine nue. Ses yeux étincelaient de véritables feux follets. Il m'observait avec un léger sourire. Comme dans tous les rêves, la scène était muette. Il s'avança, traversa lentement la pièce et vint se planter au pied de mon lit. Il m'observait sans rien dire. Son regard s'attarda sur ma gorge, sur mon torse, nu jusqu'à la ceinture. Il se pencha pour prendre le rebord du drap avec deux doigts, puis, d'un geste lent mais déterminé, le souleva pour découvrir mon corps entièrement. Je gisais sur ce lit dans une totale nudité, impudique, mais sans honte. Il dévorait du regard chaque partie de mon corps et, curieusement, le fait d'être ainsi exposé à sa vue m'excita, réveilla ma propre chair si bien que, sous ses yeux agrandis par la concupiscence, mon sexe commença à durcir et à se redresser.

Mon cœur battait à tout rompre et je sentais une étrange impression m'envahir ; je n'étais plus tout à fait certain d'être la proie d'un rêve… Et pourtant, ce ne pouvait être qu'un rêve… Sans détacher son regard de moi, le comte avait commencé à déboutonner sa chemise ; il se mit nu, entièrement. Pris dans un rayon de lumière noire de la lune — preuve évidente de la nature onirique de cette scène —, ce n'était pas le corps d'un vieillard qui se dévoilait devant moi, mais celui d'un homme jeune et vigoureux, au torse et au ventre musclés, au sexe plein de vie et de sève, pendant entre ses jambes comme un gourdin de gendarme ! Mon Dieu, quel rêve infâme ! Si Mina savait ! Quel rêve bouleversant… Quelles sensations nouvelles…

Le comte — toujours dans le rêve, Dieu fasse que c'en fût un ! — s'allongea sur moi, mordit ma bouche avec un mélange de brutalité et de tendresse, força mes lèvres pour y glisser sa langue et l'accrocher à la mienne. La tête me tournait tant l'émotion était intense. Puis ses lèvres se détachèrent des miennes pour glisser vers mon cou. Il le mordilla, me procurant une jouissance immédiate et inconnue, intense fusion de douleur ténue et de plaisir sulfureux. Abandonnant mon cou, il couvrit alors mon torse de baisers faisant halte sur chacun de mes seins dont il mordit les tétons avec application.

Je gémissais. Le bonheur m'envahissait. Sa langue glissa le long de mon ventre pour se perdre dans la broussaille de mon pubis, puis, soudain, il engloutit ma verge tendue jusqu'au délire. Il se mit alors à sucer mon membre viril comme jamais personne ne l'avait fait… et ne le ferait sans doute jamais plus aussi bien (Pauvre petite Mina, si prude, si ignorante des choses de la vie et de l'amour, jamais sans doute tu ne sauras donner autant de joie à un homme. Puisses-tu apprendre un jour!). Une mer démontée ravageait mon âme, les mains du comte me pétrissaient la poitrine, les cuisses, les bras, les hanches. Après avoir humecté son majeur de salive, il l'insinua avec douceur, lentement, dans mon anus vierge, puis effectua de réguliers mouvements de va-et-vient, sans cesser sa fellation. Moi, perdu dans ce rêve, je me laissais aller au plaisir, au bonheur devrais-je dire… oui, au bonheur suprême, car, pour la première fois de ma vie, quelqu'un faisait vibrer mon corps tout entier, lui donnait vie et le transformait en objet de désir et de plaisir, sans se soucier des interdits hypocritement imposés par la société!… Que l'auteur de cette « révélation » fût un homme, un noble sans âge, un habitant d'une contrée perdue dont je n'aurais jamais dû croiser le chemin ne faisait qu'ajouter à l'intensité de notre union. Les rêves sont étranges, ils nous offrent parfois tout ce que nous n'osons attendre de la réalité, ni même formuler avec des mots. Un flux venu du plus profond de moi engloutit ma conscience, et une vague de jouissance comme je n'en avais jamais connue me submergea tandis qu'un râle de bonheur s'échappait de ma gorge. Un grognement de plaisir fit écho à ma jouissance. J'ouvris les yeux et distinguai, toujours à la lumière de la lune, le corps nu du comte Dracula qui se redressait, un sourire narquois et satisfait au visage, un filet blanchâtre coulant encore à la commissure de ses lèvres.

Il vint se poster juste au-dessus de mon visage. Mon cœur, qui battait déjà à tout rompre, cogna plus fort encore à la vue qu'il m'offrait. Il tenait en main sa verge démesurément longue et large. De son autre main, il soupesait ses bourses étonnamment lourdes, pleines. Il les frotta avec douceur sur mon visage. Je les respirai comme une fleur sauvage inconnue. Une odeur âcre s'en exhalait qui n'était pas désagréable. Il se mit à pousser un long gémissement, comme le râle d'un animal dans la nuit, un râle qui semblait remonter des entrailles de la terre. De sa main gauche il saisit mon menton, m'enfonça deux doigts dans la bouche, alors que de sa main droite il continuait d'agiter d'un long mouvement de va-et-vient son sexe rigide comme un tisonnier. Dans un grand cri qui me fit tressaillir, il libéra une violente giclée de liquide chaud et épais qui m'inonda le visage. Avec ses deux doigts toujours enfoncés dans ma bouche, il me força à ouvrir davantage les lèvres pour y glisser son membre bouillant et m'en fit lécher le bout, laper les dernières gouttes qui s'en échappaient encore... Je découvrais pour la première fois de ma vie ce petit goût amer et salé sur ma langue… et je sombrai dans les ténèbres.

Mon Dieu, Mina, comme j'ai honte. Fasse le ciel que j'aie fait un horrible rêve, et que ce cauchemar ne soit pas la réalité. Comment mon esprit a-t-il pu, alors que dans quelques semaines je te prendrai pour femme, donner naissance à de telles pensées ? rêver des choses aussi infamantes, aussi scabreuses ? Comment, alors que tout mon être se révulse à la pensée de ce rêve immonde, comment se fait-il qu'en même temps un tel sentiment de plaisir et d'excitation me possède encore ? Serais-je le plus méprisable des hommes ? Mina, que m'arrive-t-il ? Qui suis-je ?

Quel sort monstrueux m'a-t-on jeté ? Dieu m'aurait-il oublié dans ce pays à l'écart du monde ? Que penser de tout cela ?

Mais je dois garder la tête froide, ne pas me laisser aller au désespoir, à une culpabilité aussi corrosive que l'acide, je n'y survivrais pas. Pas ici, si loin de tout, sans repère, sans personne à qui me confier. Je dois me montrer fort, lutter, lutter contre moi-même, ne plus me laisser distraire par les sombres chimères de la nuit. Pardon Mina d'avoir ainsi déchu, de m'être ainsi rendu indigne de toi — même si ce n'était qu'en rêve. Rien de ce qui m'éloigne de toi ne doit plus m'atteindre. J'en fais le serment. Dès que toutes les formalités de la vente auront été réglées avec le comte, je prendrai la route du retour vers l'Angleterre, et j'oublierai tout cela, ou du moins j'essaierai.

Le 8 mai au matin

Hier, je me suis levé très tard. J'étais fatigué, épuisé par cette nuit passée (réalité ou cauchemar ?) dans la perdition la plus totale. Le plus étrange est que rien ne me permet aujourd'hui d'être totalement certain ni d'avoir rêvé ni d'avoir réellement vécu ce délire. Le détail est sordide, mais il aurait pu m'aider à être sûr de la véracité des faits : après cette ultime scène de débauche avec le comte, j'aurais dû me réveiller le visage maculé de sa semence répandue sur moi avec tant d'abondance. Or, à mon réveil, mon visage ne portait aucune trace suspecte. J'avais donc rêvé, bien que mon souvenir de la nuit fût encore si intense… à moins que quelqu'un m'ait lavé afin d'effacer toute preuve compromettante ? Mais est-il raisonnablement possible d'imaginer un tel souci du détail ? Et qui m'aurait lavé de la sorte ? Le comte lui-même ?… La meilleure explication ne serait-elle pas ce que je redoute finalement le plus : que je suis en train de perdre la raison, et que cette idée folle d'un rapport charnel avec cet inconnu n'est que pure invention ? Puis-je être malade à ce point ?

Troublé plus que je ne saurais dire, je me suis décidé à quitter ma chambre en début d'après-midi. Je suis descendu dans la salle de réception que je trouvai vide. Sur la grande table d'hôte, un mot du comte me souhaitait de passer une bonne journée et me demandait d'excuser son absence ; il ne rentrerait qu'à la nuit tombée. Il me conseillait de ne pas m'égarer dans les ailes du château qui n'étaient pas sûres en raison de leur insalubrité.

Il me conseillait de m'installer dans la grande bibliothèque et de faire un feu de cheminée. Désœuvré comme je l'étais, je suivis son conseil et, après m'être restauré d'un repas frugal disposé à l'avance à mon intention sur un coin de la table (quelques fruits, charcuteries et vin du pays), je regagnai la magnifique bibliothèque, mis quelques bûches dans l'âtre, et m'installai dans un profond fauteuil.

Je devais être assis là depuis une bonne heure lorsqu'il me sembla tout à coup qu'une présence s'était « glissée » dans la pièce et m'observait à mon insu. Intrigué, je levai les yeux de ma lecture ; mais non, ce devait être une autre de mes fantasmagories : j'étais bien seul. Une fraction de seconde, j'eus de nouveau un doute : il me sembla qu'une des draperies du mur venait de bouger ; alors qu'il s'agissait seulement d'un souffle du vent qui entrait dans la pièce par la fenêtre ouverte. Je repris ma lecture, mais peut-être une heure plus tard, ou moins, je ne sais exactement, mon attention fut une nouvelle fois distraite par une voix de femme qui venait de l'extérieur. Je me levai et m'approchai de la fenêtre. Je fus pris de vertige lorsque je découvris l'étendue du paysage qui s'étalait devant moi et la profondeur du précipice que surplombait la fenêtre. Une profondeur vertigineuse. Toute la chaîne des Carpates se déroulait à l'horizon vers lequel le soleil commençait à descendre. À gauche, une enceinte enfermait entre ses murs, des dizaines de mètres plus bas, une petite cour dans laquelle une femme, une paysanne semblait-il, gémissait. J'étais bien trop haut pour entendre distinctement ses plaintes, mais, bien qu'elle ne pût me voir, je pouvais, moi, l'observer à loisir.

Elle semblait implorer le ciel en levant les bras, et, quelques instants plus tard, elle éleva la voix, ce qui cette fois me permit d'entendre nettement sa supplique : « Rendez-moi mon mari ! » Puis elle se remit à pleurer. Ne sachant que faire, je voulus descendre et essayer de parler avec elle afin de savoir qu'elle était la raison de son tourment. Je quittai donc la bibliothèque et descendis dans le grand hall d'entrée. Je me dirigeai vers la porte principale, et là, à ma grande stupeur, je constatai que celle-ci était fermée à clef. Je cherchai une autre issue mais dus bien vite me rendre à l'évidence : J'ÉTAIS PRISONNIER du château ! ET J'ÉTAIS SEUL… Je fus parcouru d'un frisson. C'était certes stupide, voire infantile, mais tout à coup, cette idée me remplit de… PEUR. Je me mis à souhaiter le retour du comte, mais à ma montre il n'était que quatre heures de l'après-midi. Étant donné le mot qu'il m'avait laissé, il ne rentrerait pas de sitôt. Je décidai donc de regagner ma chambre pour tenter d'y trouver un peu de repos en attendant le retour du comte.

Je dus m'assoupir, mais soudain je fus brutalement ramené à la réalité par un cri, ou plutôt par… un long râle, comme la voix d'un homme sous l'emprise du plaisir, ou, pour être plus précis, celle d'un homme supplicié dont la souffrance, peu à peu, se muerait en plaisir. M'étais-je, une fois encore, laissé abuser par mon imagination, étais-je à ce point obsédé par la chair ? J'écoutai attentivement, mais seul le silence emplissait le château.

Intrigué malgré tout, je décidai de me lever et de chercher à savoir quelle était l'origine de ce cri, ou s'il n'était qu'un effet de mes divagations. Je quittai ma chambre et empruntai le couloir principal où, quelques instants plus tard, je remarquai qu'une tenture mal remise en place laissait deviner l'existence d'une porte dérobée. Poussé par la curiosité et l'oisiveté forcée, je soulevai l'étoffe de velours, tournai la poignée qui, contrairement à celle du château, n'offrit aucune résistance et pénétrai dans un étroit corridor qui n'était autre chose qu'un passage secret ménagé dans l'épaisseur du mur. Un peu inquiet, mais téméraire tout de même, je le suivis un long moment.

Curieusement, alors que je ne distinguai ni flambeau, ni bougie, ni la moindre ouverture apparente, le passage était suffisamment éclairé : un mystère de plus ! Sans avoir réussi à le percer, je continuai à avancer quand, soudain, j'entendis derrière un mur ce qui ressemblait à des éclats de rires étouffés, des voix qui parlaient sur le ton de la confidence.

Je m'approchai d'une autre tenture, assez lourde, et remarquai aussitôt qu'un trou y avait été pratiqué afin qu'on pût observer, sans être vu, ce qui se passait de l'autre côté. L'œil collé à cette espèce de judas, je découvris une grande chambre avec plusieurs fenêtres donnant sur un paysage différent de celui que j'avais pu contempler dans la bibliothèque. Le soleil avait poursuivi sa chute et commençait à rougir la cime des arbres. Les voix que j'avais entendues étaient celles de deux hommes dont je n'arrivais pas à déterminer où ils se trouvaient exactement. En me tournant un peu, je pus cependant découvrir un autre angle de la pièce : il s'agissait d'une grande chambre dont un immense lit à baldaquin occupait toute la partie que je découvris alors, éprouvant aussitôt un choc… un double choc même… Deux hommes étaient étendus sur le lit, nus, nonchalamment couchés sur une couverture de fourrure.

Le premier, superbe et ténébreux gitan, portait un grand anneau à l'oreille droite : allongé sur le dos, un bras replié derrière la nuque, il regardait, une lueur d'ironie dans les yeux, l'autre homme étendu à plat ventre à son côté. Ce dernier caressait lentement le corps du gitan, sa main remontait le long de ses cuisses, s'attardait sur son ventre, son torse, éveillant une magnifique érection chez son compagnon qui exhibait un membre viril d'une taille plus que flatteuse. L'autre homme affectait l'indifférence et continuait de caresser son corps en évitant soigneusement tout contact avec ce sexe raide qui vibrait et semblait durcir un peu plus à chaque seconde. Pourtant, au bout de cinq minutes, l'homme saisit le sexe du gitan, le palpa comme pour s'assurer de sa rigidité puis, alors qu'il se tournait pour le prendre en bouche… je reconnus en lui… Johann, le cocher de la diligence qui m'avait accompagné jusqu'à l'auberge des Quatre Saisons, qui m'avait tenté l'autre nuit et qui avait plongé tout le village dans l'inquiétude par sa disparition ! Je restai saisi d'étonnement, de stupéfaction. À la fois gêné et attiré par la scène, je demeurai immobile, fasciné par ce spectacle aussi insolite qu'inattendu. Pour la première fois de ma vie, j'assistai à une scène d'amour entre deux hommes qui n'avaient rien de l'image caricaturale que la société a coutume d'associer à ce genre d'amours. Ici, point de personnage efféminé, maniéré ou ridicule comme on se complaît tant à les décrire. Au contraire, devant moi, à leur insu, deux spécimens de ce qui peut exister de plus masculin, de plus viril, de plus mâle, s'offraient mutuellement au plaisir des sens; et malgré mes convictions religieuses, mon sens de l'honneur tout victorien, ma conscience d'homme responsable et civilisé, je ne pouvais que me rendre à l'évidence: ces deux hommes étaient beaux dans leur nudité provocante. Ils avaient la beauté de deux archanges, ou de deux diables, et j'aurais pu rester une éternité à les contempler, à les admirer... à les envier! Dussé-je encourir la honte et l'opprobre générales. En les regardant, j'en étais certain, n'importe quel homme, fût-il le plus grand trousseur de jupons de la création, eût été saisi comme moi du même désir, de la même fascination pour ces deux corps magnifiques, à la musculature parfaite, qui se jetaient dans le plaisir comme deux lutteurs dans un combat. Ils se chevauchaient à présent, se mélangeaient avec une grâce et une force qui confinaient... comment dire? à une véritable esthétique de la vie. Une telle scène, digne d'un Géricault ou d'un Michel Ange, était un véritable hommage à la beauté; elle était dégagée de toute idée de morale, elle était la vie même, elle évoquait la nature à l'état le plus brut; la force de la vie en mouvement. Johann, le cocher, se révélait d'une corpulence encore plus impressionnante qu'il ne m'était apparu en pleine nuit à l'auberge. Ses muscles roulaient sous sa peau puis se tendaient pour donner à ses membres une force primitive. Mon cœur battait de voir ses fesses bien galbées tressaillir, de le voir se saisir du sexe vigoureux du gitan qui, dans ses mains, et sous ses coups de langue affamés, paraissait ne jamais devoir s'arrêter de grossir. Johann l'avalait goulûment, l'enfonçant jusqu'au fond de sa gorge au point de s'en étouffer ; mais le bonheur irradiait ses yeux que les derniers rayons du soleil couchant remplissaient d'un éclat mordoré. J'avalai avec peine ma salive, dévoré d'envie, troublé jusqu'au tréfonds de mon être.

Soudain, je tressaillis ; derrière moi, deux mains, comme un étau, venaient de m'immobiliser. Je sentis un souffle sur mon cou !

Comme je m'apprêtais à protester, l'inconnu me mit une main sur la bouche, vigoureusement, tandis que de l'autre il entreprit de me débraguetter, tout en me poussant dans la chambre. Dès notre entrée, les deux hommes interrompirent leurs ébats, puis, nous découvrant, parurent rassurés, soulagés. En me reconnaissant, Johann arbora même un large sourire de connivence, il se leva, vint se poster juste devant moi et s'agenouilla pour se jeter aussitôt sur ma verge qui, vu le spectacle auquel j'avais assisté quelques secondes auparavant, avait déjà pris du volume. Derrière moi, l'inconnu relâcha son étreinte et rejoignit le gitan sur le lit. Je découvris alors que mon mystérieux assaillant était un superbe gaillard d'environ vingt-cinq ans, blond et à l'impressionnante musculature lui aussi. La langue de Johann s'enroulait autour de mon sexe avec agilité et ne tarda pas à me mettre dans un état indescriptible. Apparemment satisfait du résultat de sa manœuvre, il se releva et me tira vers le lit où les deux autres garçons s'écartèrent pour nous faire place. Je tombai sur la couche, les jambes flageolantes, comme pris de vertige. Tous trois se précipitèrent alors sur moi et m'arrachèrent mes vêtements. En une fraction de seconde, je me retrouvai nu comme un ver et prisonnier de leurs poignes qui me privaient de toute liberté de mouvement. Johann me maintenait le torse tout en titillant mes seins de sa main libre. Le gitan immobilisait ma jambe gauche et le garçon blond la droite. C'est alors que je découvris, au pied du lit… le comte Dracula, nu lui aussi, qui se tenait debout, immobile, son sexe lourd pendant entre ses cuisses, un regard de convoitise fixé sur moi. Il eut un signe de connivence avec les deux hommes qui, aussitôt, relevèrent mes jambes pour m'arc-bouter complètement. Sans que je puisse douter un instant du sens de leur geste : ils « m'offraient » à Dracula. La panique s'empara de moi, mais Johann me fit doucement comprendre de ne pas avoir peur. Dracula posa un genou sur le lit, se pencha vers moi et se livra sur ma personne à un acte dont je n'aurais jamais imaginé qu'il pût exister entre deux individus de même sexe ! Il commença à lécher la partie la plus intime de mon être, avec douceur, avec application. La sensation curieuse que cet acte stupéfiant me procura m'étonna plus que je ne saurais le dire. J'aurais dû me sentir blessé, humilié, alors que, tout au contraire, un sentiment d'apaisement et de bien-être m'envahit. Pourtant j'essayai vaguement de résister, je tentai de me débattre, mais la pression des trois hommes me fit rapidement comprendre que ce serait en vain. J'abdiquai ; et j'allais de surprise en surprise, car Dracula menait toujours plus avant son exploration. Anormalement longue, sa langue me donnait l'impression qu'il s'agissait en fait d'un sexe masculin. J'en eus même la quasi certitude lorsqu'il l'enfonça soudain en moi tout en l'agitant régulièrement dans mon anus qu'il avait de cette façon habilement enduit de salive. Au bout de quelques minutes, il se redressa et, sans précaution cette fois, avec brutalité, planta en moi son véritable sexe. Je poussai un cri de douleur qui parut le stimuler davantage. Les hommes, autour de nous, semblaient gagnés par la même excitation furieuse. Le gitan se posta derrière l'homme blond, s'arrima à lui par les hanches et le pénétra avec la même violence dont Dracula venait de faire preuve avec moi. L'homme blond, déséquilibré, tomba sur le lit et faillit s'écrouler sur moi, tandis que les deux cavaliers, Dracula et le gitan, se mettaient à fourrer leurs deux montures au même rythme, comme s'ils disputaient une course. La chambre se remplit de halètements, de soupirs, de râles, d'odeurs de sexe et de transpiration. Je sentais la tige vertigineuse du comte se déployer dans mon corps et j'oscillai entre douleur et plaisir. L'approche de la jouissance finale amena un étrange changement de comportement chez tous les protagonistes que j'observais tout en subissant les assauts répétés de Dracula. Tout à coup, ils me firent penser à une meute de loups en train de satisfaire leurs instincts sexuels les plus primitifs. Leur ardeur confinait à la rage, et le comte Dracula paraissait avoir adopté tous les comportements du chef de meute. Son plaisir approchant, je remarquai que son visage se contractait, ses traits prenaient un aspect de dureté qui m'effraya. Imperceptiblement, il me sembla distinguer des canines anormalement longues dépassant de ses lèvres. Son regard devenait noir, insondable. Et soudain je pressentis qu'il allait parvenir au stade ultime. Il se cambra, resserra brutalement son emprise sur mes hanches et lança un hurlement profond. Je sentis un flot épais envahir mon intimité, mais je ne sus définir si sa semence était brûlante ou au contraire glacée. La surprise me fit rouvrir les yeux et je vis alors Dracula saisir l'homme blond par les cheveux pour l'attirer à lui. Il colla sa bouche contre la sienne, l'homme émit un petit gémissement de douleur et de surprise, et je vis qu'un filet de sang coulait de sa bouche. Dracula le mordait comme un chien, ou comme un loup, en rugissant. Lorsqu'il se retira de moi j'aperçus son membre gigantesque encore ruisselant de sève, il semblait aller de jouissance en jouissance. J'étais fourbu, épuisé, anéanti.

La dernière chose que je vis avant de sombrer dans l'inconscience fut Johann qui rampait sur mon corps pour venir s'installer, comble de l'indécence, à califourchon au-dessus de ma tête, afin de pouvoir lécher à loisir le membre turgescent du comte qui n'en finissait pas de ruisseler — encore et toujours. Et c'est dans cette incroyable position que je m'endormis, tout en continuant à entendre, du fond de mon sommeil, l'écho de bruits de succions et de gémissements de plaisir.

Lorsque je me réveillai, je me trouvai dans ma chambre, comme si rien ne s'était passé... Comme si, une fois de plus, j'avais rêvé tout cela.

Qui suis-je réellement, Mina ? Quel homme suis-je donc pour m'être laissé séduire comme une véritable prostituée ? Ma pauvre Mina, jamais je n'oserai te raconter ce qui s'est passé la nuit dernière... Cette brute, car c'en est une, m'a possédé, pénétré comme une femme… J'entends encore sa respiration haletante à mon oreille, ses mains labourant mes hanches, ses dents plantées par moments dans ma nuque, comme un chien ou un loup affamé… et le pire, son membre viril gigantesque partant à l'assaut de mon intimité la plus profonde. La honte, Mina, la honte. Quel homme marié aurait consenti à ce qu'a subi cette nuit celui qui aspire à devenir ton époux ? Suis-je un monstre ? Ou bien d'autres hommes, eux aussi, connaissent-ils ce que je viens de découvrir, tout en étant mariés, tout en conservant l'apparence de la respectabilité ? Est-ce même imaginable ? Je ne doute pas que, dans notre société si rigoureuse, derrière une façade irréprochable, se cachent des individus capables de se perdre dans le stupre et la luxure, dans les vices les plus abominables. N'importe qui est-il capable de souhaiter vivre cette expérience abjecte ? Car on ne peut en douter : un homme qui sert de réceptacle à un autre homme, c'est une abomination, une abjection ; toute notre éducation nous l'apprend, nous impose cet interdit… cette vérité ? En est-ce une ? Je ne sais plus, Mina, partagé que je suis entre la honte de ce que j'ai commis, et… cette sensation, vénéneuse, d'un plaisir qui n'en est pas un puisqu'il passe par la douleur et l'humiliation. Mina, jamais tu ne liras ces mots-là mais, une heure dans ma vie, j'ai connu le plaisir dans les deux sens, celui des deux sexes à la fois… J'ai honte de l'avouer mais, dans cette douleur, dans cette humiliation, il y avait du plaisir, intense, celui de l'inconnu, de la nouveauté… le plaisir secret que tout homme, ne serait-ce qu'une seule fois dans sa vie, essaie d'imaginer, bien à l'abri dans son for intérieur, qu'il peut avoir envie de connaître un jour, juste pour savoir ce que c'est; j'en suis certain, je ne peux pas être le seul homme sur terre à avoir éprouvé pareilles tentations; mais en même temps j'enrage de m'être offert à la concupiscence d'un inconnu... moi, un sujet de notre très gracieuse Majesté, j'ai subi les derniers outrages d'un homme qui n'est même pas anglais!

Le 10 mai, 14 heures

Ou je suis fou, ou j'ai perdu tous mes repères dans le temps. Je me suis réveillé alors que le soleil était déjà très haut, et pourtant je n'ai pas le souvenir de m'être couché, d'être rentré dans ma chambre. Quelqu'un m'y aurait-il ramené? Et dans ce cas, d'où m'aurait-il raccompagné? Qu'ai-je donc fait avant? Avec qui? Je ne sais pas.

Ces images confuses de scènes de débauche ont-elles pris corps du fait de mon imagination déréglée? Ou bien les ai-je réellement vécues? J'ai peur d'apprendre la réponse à toutes ces questions, quelles qu'elles soient! Pourtant non, je dois en avoir le cœur net, si ces fantasmes sont la manifestation d'un délire, je dois le savoir. Si j'ai cédé à l'horrible tentation, je dois être capable de l'admettre, et même si personne jamais n'apprend que j'ai à ce point offensé la morale, je dois accepter cet aspect de moi-même que jamais je n'aurais pu soupçonner avant de mettre les pieds dans ce château maudit. Je dois savoir!

Le 10 mai, 15 heures

La femme, la paysanne d'hier est revenue ! Je l'ai entendue de nouveau se lamenter sous les fenêtres du château. Elle criait, pleurait, quand soudain, une voix d'homme a fait taire ses plaintes. Il m'a bien semblé reconnaître la voix de Johann, cinglante, autoritaire, presque haineuse. Je n'ai pas compris la langue dans laquelle il s'exprimait mais, au ton de sa voix, il n'était pas difficile de saisir le sens de son propos. De toute évidence, cette pauvre femme est l'épouse de Johann. Elle l'implore de revenir chez eux, mais lui semble décidé à rester au château, et a dû lui intimer l'ordre de le laisser en paix et de disparaître, car la femme n'a pas insisté et est repartie en pleurant. Je vais essayer de trouver Johann et de lui parler. Peut-être pourra-t-il me rassurer sur mon sort… Mais, en même temps, cette idée est stupide : s'il se trouve au château comme moi, c'est que lui aussi fait partie de ce cauchemar ! Tant pis, il faut que je lui parle.

Le 10 mai, 18 heures

C'est en voulant partir à la recherche de Johann que j'ai fait l'horrible découverte…

J'ai arpenté tous les escaliers, tous les couloirs du château. En vain. Seul l'écho répondait à mes pas. J'ai retrouvé la chambre, celle du cauchemar, celle où les trois hommes… mais elle était vide. Personne. Personne nulle part. Aucune trace de Johann, et encore moins du comte. Pourtant, je ne pouvais me résoudre à regagner ma chambre. Ayant visité tous les étages du château, j'eus l'idée d'en explorer les sous-sols. Une idée folle, téméraire, mais au stade où j'en étais je ne pouvais plus reculer. Je descendis un escalier dissimulé sous l'escalier principal et trouvai une enfilade de pièces vides, des anciens cachots, pensai-je avec un frisson rétrospectif, quand soudain, tout au bout d'un corridor, j'aperçus une grande porte en bois sur laquelle une immense lettre « D » en fer forgé avait été apposée. Je m'approchai (j'avais évidemment pris la précaution de me munir d'une torche), ouvris la porte qui céda facilement dans un grincement sinistre. Mon cœur s'arrêta de battre en découvrant au centre d'une grande pièce voûtée… un imposant catafalque noir sur lequel reposait un cercueil. Malgré ma frayeur, je m'avançai et, saisi d'effroi, je découvris alors le comte Dracula allongé, dormant au côté de l'homme blond de mon rêve, l'homme qui m'avait ceinturé alors que j'observais derrière la tenture les ébats amoureux de Johann et du gitan… Et je compris alors que je n'avais donc pas rêvé : j'en avais même la preuve sous les yeux.

…Je viens de regagner ma chambre, horrifié, abattu, désespéré. Il me faut fuir au plus tôt cet endroit maudit. C'est décidé, je prépare mes bagages, je quitte le château du comte immédiatement, et je regagne le village d'où je prendrai la première diligence pour Bistritz.

…Je n'ai pu m'empêcher de relire toutes ces pages écrites depuis mon arrivée chez Dracula. Une évidence s'impose : je ne puis laisser ce Journal sous cette forme. Il est indispensable que j'en fasse disparaître les passages concernant ma relation nocturne avec le comte, ils sont trop compromettants. Je dois édulcorer… Et les trois hommes, je dois en faire des femmes si je veux raconter cette histoire lorsque je serai rentré en Angleterre. Sinon tout sera fini pour moi, ce sera le scandale, je perdrai tout, même ce que je n'ai pas encore : Mina, mon travail à l'étude, ma respectabilité de digne sujet de Sa Majesté. Ce serait un suicide. Non, ce n'est pas même imaginable, il faut que je réécrive tout cela, que je fasse un faux qui laissera transpirer le moins possible de choses réelles, pour ne donner qu'une impression générale sur tous ces événements, car je dois malgré tout laisser une trace de ce séjour en Roumanie, la vérité dut-elle être tronquée…

Personne ne doit jamais apprendre ce qui s'est réellement passé pendant mon séjour dans ce maudit château !

DEUXIÈME PARTIE

Londres, le 22 septembre, 11 heures du soir

Je ne pensais pas reprendre ce Journal, ni même me replonger dans les pages écrites en Transylvanie, mais tant d'événements se sont succédé depuis le jour où j'ai cessé de consigner chaque fait, chaque détail de mes mésaventures, qu'il me faut bien me confier à quelqu'un, quelqu'un qui n'aura pas, ne pourra pas avoir de jugement sur moi.

Afin d'être clair, il me faut reprendre l'ordre chronologique avec minutie, car trop de drames, trop d'incidents déplaisants sont survenus. Je me dois de donner des repères précis afin d'être compréhensible.

Pour commencer par la fin, aujourd'hui hélas, nous venons d'enterrer cette pauvre Lucy, « la meilleure amie » de Mina. Elle s'est éteinte après plusieurs jours d'une longue agonie. Mais j'y reviendrai. Pour l'heure, il me faut replonger dans le passé, celui de ces quelques semaines qui séparent le 10 mai, date à laquelle j'avais décidé de fuir le château du comte Dracula, de mon retour en Angleterre. Je vais donc essayer de retracer, sans omettre la moindre chose dont je me souviens, ce que furent mes aventures durant cette funeste période — bien qu'elles ne me fissent pas toujours apparaître sous un jour très flatteur.

Le 10 mai, 19 heures

Ce soir-là, après la macabre découverte dans les sous-sols du château, j'étais en train de faire mon bagage et d'y ranger pêle-mêle mes effets personnels lorsque la porte de ma chambre s'ouvrit.

— Vous partez ? demanda une voix à l'intonation moqueuse et provocante.

Je me retournai, surpris, et découvris, en face de moi, le comte en personne, appuyé nonchalamment contre le mur… comme s'il me « jaugeait », un petit sourire au coin des lèvres.

— Oui, répondis-je sans me troubler.

— La nuit tombe, ajouta-t-il sur le même ton, vous risquez de vous perdre. De plus, la forêt n'est pas très sûre !

— Elle l'est toujours plus que ce château ! lui rétorquai-je, piqué au vif par son insolence.

Il eut alors un large sourire qui découvrit la splendeur de ses dents blanches sur lesquelles il passa une langue gourmande. Son regard pétillait de malice.

— Eh bien, dans ce cas, bon voyage, « mon » cher Jonathan ! conclut-il en tournant les talons, avant de refermer la porte derrière lui.

Un peu étonné qu'il n'insistât pas davantage pour me retenir, je pensais qu'il tenterait quelque chose, dirait un mot pour me faire revenir sur ma décision si soudaine ; mais non. Mes bagages bouclés, je pris donc ma veste, sortis de la chambre, mon sac à la main, et m'engageai dans le couloir menant à l'escalier central. Lorsque j'arrivai en haut de celui-ci, j'aperçus Johann qui, en bas, commençait à gravir les marches. Il leva la tête vers moi et m'adressa un regard de défi, insistant.

— Vous nous quittez ? me lança-t-il sur un ton badin.

— En effet, répondis-je tout en continuant à descendre.

— En êtes-vous sûr ! répliqua-t-il aussitôt avec assurance.

À cet instant, l'homme blond que je n'avais pas entendu s'approcher derrière moi, me ceintura, tandis que Johann, bondissant, m'arrachait mon sac de la main, aidait son compère à me maîtriser. Je me débattais, mais ils étaient deux, et de forces supérieures aux miennes. Ce combat, le plus dur que j'eus à livrer de toute ma vie, dura une éternité. Nous roulâmes sur le sol, faillîmes de peu dévaler jusqu'en bas, mais le troisième homme, le gitan, fit son apparition et vint prêter main forte aux deux autres. Si bien que, après avoir réussi à m'immobiliser, ils m'entraînèrent dans les sous-sols où…

Après avoir parcouru de longs corridors, nous arrivâmes dans une sorte de crypte au milieu de laquelle se trouvait un autel. De grandes draperies rouges et noires pendaient aux murs, et de longs cierges noirs allumés étaient disposés tout autour de la pièce. Mon sang se glaça d'effroi. À quels rites sataniques allaient-ils donc me sacrifier ? Car c'était clair à mes yeux : ma dernière heure était venue.

Mes cris et mes efforts pour me dégager ne faisaient que les rendre plus menaçants, plus féroces, et leur fureur, leurs halètements me rappelèrent la meute de loups que j'avais imaginée lors de nos précédents ébats. Ils se mirent alors à lacérer ma chemise, à m'arracher mon pantalon, mes sous-vêtements… Je me retrouvai totalement dénudé, plaqué, à plat ventre sur la pierre d'autel, maintenu par leurs implacables poignes.

Leurs cris se mêlaient à leurs rires, mais il n'y avait aucune jovialité dans ces rires-là, aucune humanité. Il y avait de l'exaltation, de l'excitation, de la rage. L'un d'eux, je ne sais lequel, passa ses mains sur mon corps et me fourra avec la langue, rapidement, « comme pour me goûter », puis je me sentis soulevé et me retrouvai allongé sur le dos. Ils relâchèrent leur étreinte, mais je jugeai plus raisonnable de ne pas tenter de m'enfuir ; je demeurai immobile, le cœur battant, terriblement angoissé à l'idée de ce qui m'attendait. Les trois hommes, les yeux pleins de promesses vicieuses, me regardaient avec un air amusé. Johann se frottait le sexe à travers l'étoffe de son pantalon dont il commençait à déboutonner la braguette, l'homme blond passa sa langue sur ses lèvres, comme j'avais vu le comte le faire dans ma chambre, tout à l'heure ; quant au gitan, il restait planté, jambes écartées, mais la bosse qui apparaissait à son entrejambe ne laissait aucun doute sur ses intentions prochaines. Quelques secondes plus tard, tous les trois exhibaient de concert leurs virilités triomphantes et me forçaient à les engouffrer jusqu'au fond de ma gorge, l'un après l'autre. J'étais épouvanté, terrifié, désespéré… et comblé ! Jamais il ne m'aurait été possible de formuler un tel désir, ni même d'envisager son existence, ou seulement son éventualité. Pourtant, de nouveau, je ressentais cette sensation vertigineuse du plaisir interdit. J'avais honte, mais en même temps j'étais heureux… Et soudain, le comte fit son entrée. Il portait une longue cape noire qui enveloppait son corps tout entier. Aussitôt, les trois autres arrêtèrent de me violenter, Dracula s'approcha de nous, gravit les trois degrés de l'autel et commença en me disant qu'il regrettait que je souhaitasse le quitter. Puis il me complimenta sur mon travail à propos de la vente, ajouta encore que lui et ses amis appréciaient ma présence et qu'ils désiraient que je gardasse d'eux le meilleur souvenir. J'allais protester, m'indigner des mauvais traitements que ses « amis » m'avaient infligés, lorsqu'il m'imposa le silence d'un doigt sur la bouche.

Il vint alors se placer au bout de l'autel, face à moi, puis d'un grand mouvement de bras ouvrit sa large cape, dévoilant son corps nu et son sexe en érection. Les trois hommes laissèrent échapper un murmure d'envie admiratif à la vue de cette colonne épaisse et lourde balançant entre ses jambes.

— Je te désire ! reprit Dracula. Je désire à l'infini tous les êtres pleins de vie comme toi, homme ou femme ! Il n'y a que dans le désir et le plaisir que se trouve la vérité !

Je me débattais de nouveau, le suppliant de me faire grâce, je lui jetai à la figure qu'il était un monstre, qu'il n'avait aucun respect pour moi, ni pour mon corps. Mais les trois hommes me maintenaient fermement. Avec calme, Dracula me répondit qu'au contraire, l'intérêt qu'il me portait était la plus grande preuve du respect et de l'estime que je lui inspirais, que c'était là, pour lui, la seule façon pour un être humain de montrer à un autre être humain l'intérêt qu'il lui témoignait. (Mais l'était-il vraiment,

« humain » ?) Après quoi, il ordonna d'un geste à ses trois complices de m'écarter jambes et bras. Il me regarda droit dans les yeux, me fixa à m'en faire mal. Peu à peu je m'apaisai, mon corps se détendait, malgré moi, comme sous l'effet de l'hypnose. Il se mit alors à lécher mes lèvres, mon cou, ma gorge, ma poitrine, mon ventre, mes cuisses, tout y passait, jusqu'au sexe. Jusqu'à mon intimité la plus secrète. Puis, une fois de plus, tandis que Johann et le gitan resserraient leur étreinte, il plongea en moi… avec une facilité qui me déconcerta, sans douleur. Mais ce « plaisir », il ne fut pas seul à le « consommer », car sitôt « rassasié », provisoirement, il m'offrit à ses sbires, et chacun d'eux, à tour de rôle, me pénétra tantôt avec rage, brutalité ou habileté. Durant la nuit entière, chacun laissant sa place au suivant, en attendant de reprendre son tour ; comme si leur ronde infernale ne devait jamais finir. Mon corps endolori ne parvenait plus à distinguer le plaisir de la douleur. Au petit matin pourtant, le comte fut le premier à se retirer. Il quitta la crypte, emmitouflé dans sa cape noire, presque aussitôt suivi par l'homme blond dont le nom me demeurait inconnu. Johann et le gitan me gratifièrent d'un dernier jaillissement d'épais liquide blanchâtre, puis ils m'abandonnèrent, seul, gisant sur cet autel. Le froid m'engourdissait chaque seconde un peu plus, un froid glacé, un froid de pierre tombale. Mon corps fut parcouru de frissons, et je sombrai dans les ténèbres d'un coma qui, je l'appris plus tard, dura plusieurs semaines.

Le 12 juin

Je m'éveillai une après-midi dans un endroit qui m'était totalement inconnu. La clarté de la pièce où je me trouvais m'éblouit, le soleil entrait par la fenêtre ouverte, l'été était là, les oiseaux chantaient dans le jardin. C'est stupide à dire, mais ma première pensée fut que j'étais passé de l'autre côté du rideau, dans la plénitude de la Mort. Elle me parut douce après les horreurs que j'avais subies, et le souvenir de cette crypte froide et ténébreuse me fit frissonner. Une religieuse entra dans la chambre et, me voyant les yeux ouverts, se précipita vers mon lit. Elle se prénommait sœur Agathe. Constatant que mon état de santé s'était considérablement amélioré, elle me révéla que j'étais au couvent depuis plus de six semaines, qu'un mystérieux bienfaiteur m'y avait déposé, un soir, alors que, brûlant de fièvre, je me trouvais dans un état alarmant. J'avais contracté une grave pneumonie, et je ne devais d'être encore en vie qu'à cet homme providentiel qui m'avait déposé devant la porte du couvent par une nuit d'orage. Chargée de l'accueil des voyageurs ce soir-là, sœur Agathe me décrivit mon bienfaiteur comme un homme grand, élégant, tout habillé de noir qui, lorsqu'il la vit, eut un mouvement de recul et lui parla à distance, comme s'il voulait se préserver d'elle. « Un mécréant » pensa-t-elle.

— Mais les pires peuvent être les meilleurs quand l'occasion leur est fournie, ajouta-t-elle à mon attention. Cet homme vous a sauvé la vie en vous conduisant jusqu'à notre sainte maison, c'était le seul endroit dans les alentours où il était possible de vous donner les soins dont vous aviez besoin.

« Ainsi donc, pensai-je en relevant l'amère ironie du sort, mon bourreau fut aussi mon sauveur », car à la description que sœur Agathe m'avait faite de lui, il ne pouvait, à l'évidence, s'agir que du comte lui-même.

Cette idée me troubla plus encore, car son geste, à n'en pas douter, était la preuve du cas qu'il faisait de moi. Sinon peu lui eût importé de me laisser mourir au fond de ce sous-sol humide, dans cette sinistre crypte. Peut-être après tout ne m'avait-il pas menti, peut-être avait-il été sincère ? Je demeurai songeur. Puis, tandis qu'elle me préparait une potion, sœur Agathe me précisa que je devrais rester deux ou trois semaines de plus au couvent avant d'être complètement guéri, avant que mon état physique ne me permette d'entreprendre le long voyage qui me ramènerait chez moi.

Je devais donc prendre mon mal en patience. Sœur Agathe me demanda si je désirais écrire à quelqu'un… J'hésitai. Je pensais naturellement à Mina, mais, pour une obscure raison, je préférais attendre…

Ce soir-là, je m'endormis calmement… mais je fus réveillé au milieu de la nuit par une intense sensation de malaise, et l'impression que mon lit… tanguait ! Je m'assis pour reprendre mes esprits. J'avais visiblement rêvé, car tout était normal dans la chambre, mais soudain je reçus une sorte de secousse, qui engendra elle-même une curieuse vision… celle d'une mer démontée par la tempête : d'une manière incompréhensible, j'étais éveillé et me trouvais à la fois, mentalement, à bord d'un mystérieux bateau perdu sur une mer déchaînée, et en même temps, physiquement, bien à l'abri dans la chambre du couvent de sœur Agathe.

J'essayai de lutter pour dissiper ce maléfice, mais rien n'y fit. J'étais visiblement, malgré moi, en relation avec quelqu'un d'autre sur ce bateau, dans la soute où régnait une totale obscurité, mais où, aussi incroyable que cela puisse paraître, j'entendais les voix des marins, au-dessus, comme si j'avais été tout près d'eux. Puis, tout aussi mystérieusement, la tempête sembla s'apaiser et un calme impressionnant emplit le navire. Quelques voix résonnèrent. J'entendis deux marins échanger leur poste de garde et se croiser dans un escalier. Des bruits de portes claquèrent. « Je » quittai alors la cale sombre du navire pour monter vers les cabines !...

Au passage j'eus le temps de lire le nom du bateau sur une bouée de sauvetage : le « DEMETER ». Puis, impression encore plus bizarre et irrationnelle, je me retrouvai à l'extérieur du bateau, en suspension au-dessus de la mer, comme si je volais. Je regardai par le hublot d'une cabine et vis à l'intérieur un marin allongé sur sa couchette, entièrement nu. Un homme entre trente-cinq et quarante ans, avec une barbe de deux ou trois jours. Il était nonchalamment allongé, jambes écartées, et se caressait lentement quand, soudain, la porte de la cabine s'ouvrit : instantanément, il cessa ses attouchements et se tourna à plat ventre pour cacher son érection. Un autre marin entra dans la cabine et commença à se dévêtir en jetant ses habits sur l'autre couchette. Une fois nu lui aussi, ce dernier s'allongea sur son lit, alluma une cigarette, et les deux hommes se mirent à parler. Le premier se retourna sur le dos et le second, voyant l'état de son sexe, dut faire une plaisanterie, car tous deux éclatèrent de rire. Cependant, à en croire le volume pris par son membre, le deuxième marin semblait gagné par l'excitation et commença même, imperceptiblement, à se masturber en regardant son collègue qui, lui, avait repris son manège. (Moi, de façon incompréhensible, j'étais toujours à l'extérieur, derrière le hublot, à regarder la scène !) Leurs sexes de plus en plus raides, les deux hommes semblèrent se livrer à un conciliabule, puis, s'étant apparemment mis d'accord, ils s'assirent sur leurs couchettes, l'un face à l'autre, et se regardèrent masser respectivement leurs généreuses colonnes de chair, puis ils se levèrent et, toujours face à face, le second prit leurs deux sexes ensemble dans sa main et se mit à les agiter vigoureusement l'un contre l'autre. Un jet impressionnant de liquide blanchâtre ne tarda pas à jaillir — à l'instant précis où la porte de la cabine s'ouvrait à la volée, poussée par un homme, visiblement le capitaine, qui arborait un air furieux et qui se mit aussitôt à hurler. Très vite, il décocha même un coup de poing au premier des marins, puis un second à l'autre qui réussit à l'esquiver. Il pointa alors vers eux un doigt vengeur, semblant les menacer de mille châtiments, les insulta copieusement puis ressortit en claquant la porte. Une fraction de seconde les deux hommes restèrent immobiles, debout, abasourdis, comme si le ciel venait de leur tomber sur la tête. Le premier, blême, s'affala sur sa couchette, et enfouit sa tête entre ses mains. Il ne pleurait pas, mais semblait totalement anéanti. L'autre posa une main sur sa nuque comme pour le réconforter, avant de se rhabiller avec des gestes las, comme un automate, puis silencieusement de quitter la cabine.

C'est alors que, subitement, je me retrouvai à l'intérieur du Demeter, dans un couloir. Je reconnus devant moi la silhouette du marin qui venait de quitter sa cabine. Il marchait d'une façon mécanique. Il monta les marches qui menaient au pont. Je le suivis. Il traversa la coursive, vint se poster près du rebord, regarda la mer et, soudain, sans que personne n'ait pu comprendre ce qu'il méditait, il se jeta dans les flots. L'un de ses collègues qui avait vu la scène se précipita, mais le pauvre homme avait déjà été englouti par les eaux. Le marin se retourna et se retrouva alors face à moi. Il blêmit, poussa un cri de terreur, essaya de fuir, et c'est alors qu'il perdit l'équilibre, se prit le pied dans une corde et bascula lui aussi dans la mer.

La voilà donc « l'explication »! Soudain, « revenu » au couvent, je me rendais à « l'évidence »: je n'étais pas sur le Demeter, mais un double de moi s'y trouvait, avec qui j'étais en liaison télépathique si « parfaite » que je voyais par ses yeux, que j'entendais par ses oreilles… Et ce double, c'était… le comte Dracula!

Je refermai les yeux et, instantanément, je me retrouvai à bord. Le comte redescendait les marches pour se diriger vers la cabine des deux marins. Il ouvrit la porte et découvrit celui qui était resté seul, étendu sur sa couchette, dans une mare de sang, les veines tranchées.

Dracula se pencha, caressa le visage du mort, s'arrêta, rêveur, devant le sexe qui, même au repos, demeurait volumineux. Il l'effleura de ses doigts, soupesa les bourses pendantes et ne put résister davantage: il l'avala goulûment et le suça avec le même plaisir qu'il aurait pris si le marin vivait encore, quand, soudain, la porte de la cabine s'ouvrit.

Dracula se redressa, le capitaine se tenait comme tout à l'heure, dans l'embrasure de la porte, le regard noir. D'abord troublé par la surprise de trouver un étranger à bord, il s'apprêtait à invectiver le comte, lorsque celui-ci se rua sur lui en hurlant et en le traitant d'assassin. Trois hommes venaient de mourir par sa faute. Le comte et le capitaine s'empoignèrent et se livrèrent une lutte féroce, comme deux bêtes sauvages en furie. Le capitaine était résistant, mais la force de Dracula dépassait la sienne. Suant, enragé, les vêtements en lambeaux, le capitaine poussa un cri en voyant soudain le regard du comte injecté de sang, le sang de sa fureur, et crut sans doute vivre un cauchemar en découvrant les deux canines acérées qui dépassaient de ses lèvres, mais Dracula les plantait déjà dans sa gorge pour le punir de ses méfaits. Le capitaine se débattit, sa résistance surprit le comte. Il réussit à se relever, projeta Dracula contre le mur de la cabine et sortit en courant pour se précipiter dans les escaliers. Il hurlait, mais personne ne vint à son secours, il semblait avoir oublié qu'il était désormais seul à bord. Dracula déboucha dans la coursive tel un diable et, alors que le capitaine gravissait en toute hâte l'escalier menant sur le pont, il le rattrapa, le saisit par un lambeau de sa veste et le fit chuter à terre. L'homme se retourna et Dracula, nez à nez avec lui, remarqua pour la première fois son visage, ses lèvres charnues, ses yeux d'un bleu profond et clair. Un visage aux traits anguleux, virils, presque brutaux. Un éclair de désir enflamma les yeux du comte, mais sa fureur fut la plus forte.

— Tu vas payer ces trois crimes stupides ! lui souffla-t-il à l'oreille tandis que, d'une poigne ferme, il le remettait sur pieds et le poussait jusqu'au poste de pilotage.

En curieuse harmonie avec les événements, le vent s'était remis à rugir : une nouvelle tempête s'annonçait, alors qu'au loin Dracula apercevait déjà la côte.

— Où sommes-nous ? demanda-t-il au capitaine d'un ton autoritaire tandis qu'il le bloquait de son corps contre la barre et commençait à l'y attacher avec des cordages.

— Nous approchons des côtes anglaises, bredouilla l'homme de plus en plus terrifié par la force émanant de Dracula. Nous sommes au large de Whitby !... Qu'allez-vous me faire ?

— Tu le verras bien assez tôt ! répondit le comte d'une voix cassante.

— Détachez-moi, rugit le capitaine, vous avez besoin de moi dans cette tempête. Je ne peux servir à rien attaché de la sorte !

— Crois-tu ? lui rétorqua Dracula, ironique.

L'homme était désormais lié à la barre, par la taille et les bras, il ne pouvait plus esquisser le moindre geste. Sa chemise en loques lui laissait le dos nu, et son pantalon de marine, dégrafé pendant la bagarre, lui tombait à mi-cuisses.

Dracula s'arrêta un instant sur sa musculature puissante, en parut surpris et se colla contre son dos. L'homme pressentit aussitôt ce qui allait arriver, il le supplia, jura qu'il regrettait d'avoir conduit ses hommes à la mort, mais il était trop tard. Dracula le pénétra de toute sa force. Le capitaine poussa un hurlement...

Je m'éveillai en sueur avec encore, dans les oreilles, le cri du capitaine — cri de douleur… mais teinté de plaisir. Sœur Agathe était auprès de moi. J'avais déliré toute la nuit. Elle m'épongeait le front avec patience et dévotion.

— Pauvre monsieur Harker, me dit-elle doucement, vous avez dû traverser de pénibles moments pour avoir des nuits aussi agitées !

La sainte femme ! Si elle avait pu en avoir la moindre idée, les coins de sa cornette se seraient rejoints sur sa tête ! Elle réussit à me calmer, me fit boire une potion pour m'aider à me rendormir, puis éteignit la lumière.

Je sombrai assez rapidement, mais la vision revint me chercher au plus profond de mon sommeil. La tempête avait encore forci, elle faisait rage. J'étais (je devrais dire « nous étions ») sur le pont du Demeter, le capitaine gisait, affalé sur le gouvernail, agonisant (ou épuisé après les assauts du comte ?). Sa respiration était haletante et son corps ruisselait de transpiration et de pluie. Des paquets de mer inondaient le pont. Des éclairs zébraient le ciel noir et la côte se rapprochait dangereusement. Le capitaine hurla :

— Détachez-moi, on va s'écraser sur les rochers !

Dracula esquissa un mouvement pour venir vers lui, mais trop tard, un récif accrocha la proue : dans un fracas infernal, une très violente secousse sembla disloquer le navire, et l'un des mâts se brisa qui, en tombant, heurta la tête du capitaine. Ses yeux chavirèrent. Il était mort. Dracula sauta de justesse sur un rocher, car les vagues ballottaient le Demeter comme un fétu de paille et le renvoyaient sur un autre récif où il s'échoua, à quelques mètres de la plage. Le comte courait de roc en roc et se retrouva finalement sain et sauf sur le sable mouillé.

Un chemin montait à flanc de colline jusqu'à la crête où les silhouettes noires des maisons se détachaient sur le ciel.

Quelques rares fenêtres étaient encore allumées. Dracula gravit le chemin avec rapidité. Il semblait ne pas hésiter, savoir parfaitement où il allait et quelle était sa route, il arriva au bord de la falaise, s'arrêta quelques instants pour observer le panorama grandiose de la mer déchaînée et du ciel d'encre sur lequel les éclairs projetaient des reflets violets. Puis il se retourna vers un hameau, et c'est alors que, dans mon rêve, je tressaillis ; je venais de reconnaître The Crescent, le groupe de maisons où Mina séjournait chez son amie Lucy. J'aurais voulu crier, mais nul son ne sortait de ma bouche. J'aurais voulu rebrousser chemin, mais ce n'était pas moi que portaient mes pas, c'était Dracula ! Comment expliquer avec des mots ce que j'éprouvai à ce moment-là ? C'était comme si mon âme avait été en prise directe avec celle du comte. Il ressentait, j'en étais certain, le moindre de mes sentiments. Il savait l'impuissance dans laquelle je me trouvais, le désespoir qui m'envahissait à le savoir si près de Mina sans pouvoir rien faire pour l'empêcher d'accomplir ses noirs desseins ; et à l'inverse, moi, à des milliers de kilomètres, perdu dans les Carpates, je sentais sa jubilation et sa satisfaction à avoir traversé les mers et trouvé un nouveau terrain de chasse. Je savais qu'il savait, et lui aussi, par-delà les mers savait que je savais ! Je n'avais plus qu'à assister à distance à ses frasques, à craindre le pire, en sachant qu'il avait toutes les « chances » de se produire.

Comme je le redoutais, le comte traversa la promenade qui longe la mer et se dirigea vers East Terrace. Il contourna le Crescent pour passer par les jardins. Visiblement, il connaissait les lieux. Mais comment les eût-il connus, me demandai-je, et toujours pris dans ma vision, endormi, sinon en fouillant mes affaires pendant mon séjour au château! Jamais je ne lui avais même parlé de Mina, or, non seulement il était au courant de son existence, mais de plus, il savait parfaitement où elle habitait en ce moment, alors qu'elle résidait à Londres en temps normal!

Dans quel piège infernal étais-je donc tombé en me rendant dans ce lieu maudit dans les Carpates?! Dire que ce pauvre Mr Hawkins m'avait en toute innocence envoyé dans la gueule du loup en croyant m'offrir une promotion dans son étude et une chance de faire mes preuves dans la vie!

Le comte entra dans le jardin de Lucy que je reconnaîtrais entre mille: c'est là que Mina et moi avions évoqué notre mariage pour la première fois, il y a un an, lorsque nous étions venus rendre visite à Lucy, que je ne connaissais pas encore mais que Mina tenait absolument à me présenter. La chambre de Lucy est au rez-de-chaussée et donne justement sur le jardin. Par les yeux du comte je revoyais la maison à colonnades, les rosiers grimpants, le banc près du point d'eau…

La chambre de Lucy était éclairée, la lueur d'une bougie découpait une ombre sur le mur, et cette ombre semblait agitée de soubresauts. Dracula s'approcha avec précaution de la fenêtre et regarda à l'intérieur. Ce qu'il y découvrit sembla l'amuser au plus haut point, mais ce que je vis me fit l'effet d'une douche écossaise… là, dans la chambre de Lucy… *dans le lit de Lucy*… Mina, ma Mina était alanguie, nue et offerte, et se laissait cajoler, caresser, embrasser par Lucy dont la chevelure rousse flamboyante captait les reflets de lumière de la bougie.

J'entendis alors la voix de Mina, méconnaissable, qui gémissait, grognait, haletait, affolée de plaisir. Lucy, nue elle aussi, était allongée sur elle et frottait son corps blanc parsemé de taches de rousseur, sur celui de Mina. Elles ondulaient toutes les deux comme un bateau ivre… comme deux créatures en perdition…

Dans ma vision, je ressentis de la jalousie, de l'envie, de l'indignation même, mais, à la seconde, mes nuits de débauche avec le comte et ses trois complices de débauche me revinrent à l'esprit. Qu'étais-je moi ? Quel droit avais-je de porter aujourd'hui un jugement sur ce que je voyais, même si ce n'était pas moi qui regardais la scène ? Puis une autre idée m'effleura : la raison pour laquelle Mina repoussait éternellement l'échéance de m'épouser, et donc de céder enfin à mes avances, ne résidait-elle pas là ? Ne préférait-elle pas finalement étreindre et être étreinte par Lucy plutôt que par moi ? Cette idée me fit souffrir, mais l'heure n'était pas aux gémissements, Dracula agissait, lui, et je demeurai impuissant, cloué sur ce lit de malade, et si loin…

Il poussa la porte-fenêtre qui était légèrement ouverte et entra sans bruit dans la chambre. Les deux femmes ne lui prêtèrent aucune attention, mais soudain il fit en leur direction des gestes de passe-passe, comme un magicien essayant d'endormir par hypnose. Lucy fut la première à sembler réagir au maléfice. Elle se détourna de Mina et porta sur le comte un regard concupiscent. Mina s'apprêtait à se voiler la poitrine en découvrant la présence de l'intrus, mais Lucy l'en empêcha, et elle aussi parut « intéressée » par le nouveau venu. Les deux jeunes filles (plus pour longtemps, je le craignais !) adressèrent un sourire complice au comte qui s'approcha du lit avec l'agilité et la grâce d'un félin. Il tendit les bras et Lucy agrippa sa main pour l'attirer vers elles. Il se laissa tomber sur le lit, entre ma fiancée et son amie, et leurs mains s'élancèrent à la découverte de l'anatomie du comte qu'elles commencèrent à dépouiller de ses vêtements. (Il me semblait presque sentir l'odeur de leurs corps, de leurs parfums.) Tandis qu'il glissait sa langue dans la bouche de Mina et échangeait avec elle un profond baiser, Lucy s'enhardit à prendre en bouche le sexe dressé de Dracula, à caresser et lécher consciencieusement ses bourses rondes et pleines. Puis la bouche de Lucy abandonna son ouvrage et sa main se mit à guider le membre viril du comte entre les cuisses de Mina, jusqu'à l'introduire elle-même dans le sexe de son amie. Mina poussa alors un cri de souffrance que Lucy et le comte étouffèrent en un échange de baisers. Tous trois gémissaient de plaisir et d'excitation. Lucy implora le comte de ne pas l'oublier et lui offrit sa partie charnue « pour varier les plaisirs ». Dracula la satisfit, puis l'honora par une voie plus traditionnelle. Au bout d'un long moment, Mina protestant de se sentir abandonnée, le comte se releva, se mit debout à la tête du lit et offrit aux deux jeunes femmes son membre viril dont les proportions semblaient de plus en plus démesurées. Une main ferme et autoritaire posée sur la nuque de chacune, il les regardait engloutir tour à tour son sexe quand, soudain, il poussa un long hurlement de loup en même temps que jaillissait un long jet de sa semence ; Lucy et Mina, comme des chattes gourmandes, se jetèrent ensemble sur cette fontaine de jouvence qui inondait généreusement leurs visages. Elles gémissaient, se frottant l'une l'autre, léchant mutuellement sur le visage de l'autre les traces de leurs ébats avec le comte. Puis, comme sous l'effet d'une transe trop vive, elles s'écroulèrent sur le lit et s'endormirent profondément, tandis que Dracula se rhabillait et ressortait dans la nuit.

Le lendemain matin, au réveil, sœur Agathe me trouva les traits tirés ; et j'étais de nouveau fiévreux. Elle ne comprit pas pourquoi. Mais que pouvais-je lui expliquer ? Que cette nuit m'avait apporté une cascade de révélations bouleversantes ? Que mon lien télépathique avec le comte m'avait fait le témoin de deux suicides, d'un accident mortel, d'un viol et d'un meurtre ? Que j'avais en outre appris les relations coupables qu'entretenaient ma promise et sa meilleure amie, à mon insu et sans doute depuis longtemps puisqu'elles étaient amies d'enfance. C'était beaucoup pour un seul homme et, à coup sûr, plus qu'une religieuse, fût-elle aussi bonne que sœur Agathe, pouvait entendre !

Le 10 juillet

À ma grande surprise, ce jour-là sœur Agathe vint à moi avec un radieux sourire :

— Vous avez une visite, Mr Harker !

J'étais plus qu'étonné, ne connaissant personne dans ce pays, et je pensais à une erreur lorsque je vis entrer dans la chambre… MINA ! Mina elle-même, en chair et en os ! Je croyais rêver… Comment avait-elle su ?… Elle me dit qu'elle avait reçu ma lettre — une lettre que, pourtant, j'étais certain de ne pas lui avoir écrite, hors d'état que j'étais d'écrire à quiconque. Mes idées étaient-elles à ce point embrouillées ? Et cette vision avec Lucy, ne l'avais-je donc pas tout simplement rêvée pendant l'un de mes nombreux accès de fièvre ? Je ne savais plus que penser. Mais j'étais si heureux de retrouver Mina ! Elle aussi paraissait ravie et émue de me revoir après tant de longues semaines de séparation. Je guettais sur son visage quelque marque de gêne ou d'inquiétude qui aurait pu confirmer mes soupçons ; mais je n'en décelai aucune. Elle était naturelle, gaie, enjouée comme d'habitude. J'en fus soulagé. J'avais peut-être tout imaginé depuis le début. Jusqu'à mes débordements au château ? Certes, le simple fait de les avoir imaginés prouvait que je n'étais pas innocent et qu'inconsciemment je les désirais, mais pouvoir imaginer que rien de tout cela n'était arrivé me rassurait pourtant !

Nous prîmes le chemin de Londres, Mina et moi, dès le lendemain.

Le voyage dura un peu plus d'une semaine, sans que je pusse soupçonner quelles surprises m'attendaient à mon arrivée !

Le 20 juillet

Nous apprîmes d'abord que Lucy était gravement malade. Lucy, l'amie de toujours dont Mina disait souvent « qu'elle n'avait pas besoin de la parole pour communiquer avec elle », avait été retrouvée dans le jardin, à Whitby, au petit matin, totalement dévêtue, portant des traces suspectes sur le corps qui, pour des raisons de décence, ne furent pas rendues publiques, sauf à quelques intimes. Elle avait visiblement été violée, du moins était-ce la version officielle, par un individu de passage. Elle semblait avoir passé la nuit entière à la belle étoile et souffrait d'une grave maladie de poitrine qui empirait de jour en jour. Elle avait été ramenée à Londres et séjournait dans l'hôtel particulier de sa famille, près de Hyde Park.

Aussi, le soir même, Mina et moi nous rendîmes au chevet de Lucy où nous retrouvâmes Mrs Westenra, sa mère, Arthur Holmwood, son fiancé américain, le Dr Seward, très lié à la famille, ainsi que le professeur Van Helsing, un ami du docteur qui avait été son maître et qui lui portait visiblement une affection toute paternelle. Nous étions tous très affectés par la maladie de Lucy qui respirait avec les pires difficultés et n'avalait pratiquement plus rien à part quelques tasses de thé. Elle était d'une maigreur inquiétante et promenait des yeux fiévreux autour d'elle comme une droguée en manque. Vu son état de faiblesse, nous décidâmes alors de nous installer chez Mrs Westenra, sur sa proposition bien entendu, afin de veiller Lucy à tour de rôle et de lui témoigner l'affection qui l'aiderait peut-être à guérir. Mina, comme je devais m'y attendre, était bouleversée de voir son amie aussi mal en point. Elle pleurait souvent et se réfugiait seule dans sa chambre, à l'écart de tous, pour ne pas montrer son chagrin. Elle ne comptait plus les heures passées auprès de Lucy qui, en sa présence, semblait retrouver quelque force et même un peu de joie.

Arthur Holmwood, dont la stature sportive d'Américain m'impressionna vivement la première fois que je le vis, semblait traîner sa peine et son impuissance comme une âme damnée. Il était visiblement perdu, en mal d'affection, car chaque fois qu'il se retrouvait avec l'un de nous, il nous étreignait vigoureusement le bras ou les épaules en signe de connivence et de douleur partagée… sans savoir ce qu'indiciblement il éveillait en moi ! Il m'arriva plus d'une fois, je dois l'avouer, de l'imaginer participant aux ébats du comte et de ses trois disciples dans la crypte du château, mais la décence me commandait de chasser cette pensée : l'heure était grave, et je n'étais plus en Transylvanie.

Le professeur Van Helsing, lui, semblait très intrigué par l'origine du mal de Lucy et par la raison qui lui avait fait quitter sa chambre à Whitby. Entretenait-elle une liaison avec quelqu'un de l'extérieur à l'insu de chacun ? Mrs Westenra et Mina parurent si choquées par cette supposition que Van Helsing n'y revint jamais en leur présence. Mais il reprit plusieurs fois cette hypothèse devant moi et avec le Dr Seward qui, lui, évoqua la possibilité de crises de nymphomanie sous l'empire desquelles Lucy aurait pu fréquenter des individus peu recommandables. Mais aucune preuve concrète ne venait étayer pareilles thèses. Bien que, quelques jours plus tard…

Le 25 juillet

L'été déferlait sur l'Angleterre, les nuits devenaient aussi étouffantes que les journées irrespirables, et même les promenades que Mina et moi faisions tôt, chaque matin à Hyde Park, ne nous apportaient plus la moindre sensation de fraîcheur.

Nous avions d'un commun accord décidé de veiller Lucy chaque nuit car, avec cette chaleur épuisante, la pauvre enfant avait de plus en plus de difficultés à respirer normalement. Nous avions donc instauré des tours de garde réguliers, Seward, Van Helsing, Arthur et moi-même, estimant que Mina et Mrs Westenra méritaient de passer des nuits paisibles, leurs activités durant la journée étant déjà harassantes, accaparées qu'elles étaient par l'intendance (même avec l'aide des domestiques), et affectées comme peuvent l'être des femmes par la tension nerveuse qui ne cessait de croître depuis le début de la maladie de Lucy.

Au passage, je dois souligner que l'état de Lucy avait grandement réduit les espérances que j'avais en rentrant en Angleterre d'avoir enfin une vie conjugale normale avec Mina. Les événements avaient relégué notre mariage au second plan ; seul l'état de Lucy comptait désormais pour Mina. Je ne pouvais décemment m'en plaindre. Néanmoins, mes désirs contrariés ne trouvaient aucun dérivatif, et le souvenir de mes mésaventures transylvaniennes qui, souvent, me revenait à l'esprit, ne faisait qu'attiser mes ardeurs. Les jours passaient, les nuits aussi, mais pas mes envies.

C'est ainsi qu'une nuit, alors que j'étais seul avec Van Helsing dans le salon-fumoir et que tout le monde dormait (Arthur montant la garde auprès de Lucy), peut-être à cause du silence et de la pénombre propices aux confidences, me sentant en confiance avec cet homme débonnaire, mais au passé sans doute moins sage que sa fonction ne le faisait supposer, je me laissai aller à quelques confessions. Je lui parlai de mon désir insatisfait pour Mina, de mes besoins naturels d'homme. Il m'entendit, comme je l'espérais, d'une oreille tolérante et compréhensive, à tel point que je lui en dis un peu plus que je ne l'aurais voulu, lâchant à mon insu une allusion au comte qui sembla aiguillonner sa curiosité. Il se rapprocha de moi, posa sa main sur ma cuisse et me demanda d'un air complice de m'expliquer.

Je n'étais pas décidé à le faire, mais il réussit à m'extorquer les mots que je ne voulais pas prononcer. Il me versa un grand verre de sherry (sans, faut-il le dire, s'oublier au passage!) et insista jusqu'à ce que j'entame mon récit. Je n'osai lui relater les séances collectives subies au château, mais je lui décrivis les manœuvres d'approche du comte à mon arrivée chez lui, la nuit où il m'avait rejoint dans ma chambre, et ce qui s'en était suivi. Van Helsing se montrait extrêmement attentif, n'hésitant pas à me questionner sur un détail afin d'en apprendre davantage que je ne voulais en dire. J'avoue que raconter tout cela à quelqu'un me libérait un peu, malgré mes réticences initiales. Aussi, pris par mon élan, allais-je jusqu'à lui rapporter ma rencontre avec les trois hommes du château. Il parut très curieux de l'identité du jeune homme blond, en vain puisque je ne savais rien à son sujet. C'est alors que, tout en parlant, je remarquai que Van Helsing, d'un air dégagé, sans en avoir l'air, palpait légèrement son sexe à travers l'étoffe de son pantalon. Visiblement mon histoire l'excitait, mais le carillon de la pièce venait de sonner deux heures du matin et je réalisai que mon tour de garde auprès de Lucy était arrivé : nous en resterions là pour cette nuit. Je me levai de mon fauteuil et quittai la pièce en laissant Van Helsing rêveur... mais aussi l'air vaguement contrarié.

Je montai les escaliers conduisant au premier étage où se situait la chambre de Lucy et m'apprêtai à frapper doucement afin de signaler ma présence à Arthur sans réveiller la malade si elle dormait, lorsque j'entendis à travers la porte des gémissements et des soupirs. Intrigué, je tournai avec précaution la poignée, ouvris lentement, sans bruit, la porte de la chambre, et découvris le spectacle auquel je m'attendais le moins : à genoux sur le lit, la poitrine dénudée, Lucy tenait à pleine main le sexe d'Arthur (dans une forme étonnante !), et l'avalait si goulûment qu'il devait s'enfoncer tout entier jusqu'au tréfonds de sa gorge. Arthur, au bord de l'extase, avait du mal à tenir debout tant Lucy « le maniait » avec vigueur et appétit. Il poussait des râles de plaisir en lançant de temps en temps des jurons en américain que je ne comprenais pas tous. Puis, quelques secondes plus tard, il lâcha une majestueuse giclée que Lucy avala en poussant des gloussements de satisfaction, presque hystérique, tandis qu'elle guidait la main d'Arthur vers son propre sexe et y enfonçait deux des doigts de son amant, tout en gesticulant comme un pantin. À son tour elle atteignit le plaisir et faillit hurler lorsqu'il arriva ; Arthur eut juste le temps de plaquer ses lèvres contre les siennes pour l'empêcher de crier et de réveiller toute la maisonnée.

Tout contrit et un peu excité par la scène à laquelle je venais d'assister, je refermai la porte sans bruit et redescendis dans le salon-fumoir d'où Van Helsing avait disparu, sans doute pour regagner sa chambre.

Le 26 juillet

Aujourd'hui, une succession d'événements, pourtant indépendants les uns des autres, n'a cessé de semer le trouble dans notre petite communauté. D'abord, en venant prendre son tour de garde au petit matin Mrs Westenra découvrit Arthur profondément endormi et Lucy, gisant sur son lit, poitrine nue, épuisée et hagarde. Elle avait de toute évidence reçu une visite pendant la nuit, alors qu'Arthur dormait à poings fermés, et celle-ci l'avait épuisée. Quant à moi, soupçonné d'avoir failli en ne venant pas relever Arthur, je me retrouvais pris entre deux feux : devais-je dénoncer l'acte coupable de celui qui avait sans doute profité de la situation pour obtenir de Lucy « certaines faveurs » au risque d'aggraver son état, ou bien me taire et passer pour fautif ? Sans compter que trahir Arthur revenait aussi à avouer publiquement mon acte de voyeurisme, ce qui me plaisait d'autant moins qu'Arthur était visiblement bouleversé par l'état alarmant de sa fiancée. Avait-il d'ailleurs agi en goujat, comme je l'avais pensé de prime abord ? Ou n'avait-il fait que céder aux avances de Lucy, prise par une crise de cette nymphomanie évoquée par le docteur, sans penser aux conséquences possibles d'une faiblesse que j'étais si bien placé pour comprendre, moi que Mina condamnait — comme ce grand gaillard d'Arthur, la maladie de Lucy — à une chasteté de plus en plus lourde ? Je le voyais rongé de culpabilité, torturé lui aussi par l'envie d'avouer son acte, et son désir de le cacher.

Le deuxième événement perturbant survint avec l'épouvantable crise de démence qui s'empara d'un dénommé Renfield, pauvre garçon enfermé à l'asile du Dr Seward depuis des années, qui, soudain, fut pris d'une frénésie sexuelle et hystérique. Son cas se révéla à ce point grave qu'il monopolisa le docteur toute la journée et que celui-ci fut même obligé d'appeler le professeur Van Helsing en renfort.

Ajoutez à cela mes déboires avec Mina qui, peut-être blessée par l'aventure survenue à Lucy pendant la nuit et m'en tenant en partie pour responsable, manifesta une humeur des plus maussades, pour ne pas dire massacrantes, et se montra particulièrement désagréable avec moi. En mon for intérieur, je songeai que si le rêve-vision que j'avais eu d'elle et de Lucy durant mon séjour auprès de sœur Agathe était vrai, Mina faisait sans doute là une crise de jalousie liée au mystérieux et nocturne visiteur de Lucy. Mais qu'y pouvais-je ?

Le 27 juillet

Après tous les événements d'hier, nous avons enfin eu droit à une soirée tranquille. Lucy semblait aller mieux et s'était réveillée, vers la fin de l'après-midi, en demandant à voir Mina. Toutes deux s'étaient alors enfermées plus d'une heure dans sa chambre, et le soir venu, nous avons tous eu la surprise de voir Lucy debout, venir se joindre à nous pour le dîner. Elle marchait au bras de Mina, radieuse, et semblait presque entièrement remise. Je fus sans doute le seul à remarquer une légère rougeur colorer les joues d'Arthur lorsque Mina, avec une pointe de provocation lui demanda :

— Comment la trouvez-vous aujourd'hui, n'est-elle pas à croquer ?

Puis Mina et Lucy se regardèrent et éclatèrent d'un rire moqueur.

Arrivés avec quelques minutes de retard, le Dr Seward et Van Helsing nous prièrent de les excuser. Leur journée à l'hôpital avait été épuisante. Le Dr Seward nous rapporta que Renfield s'était tout à coup réveillé en proie à des visions, des scènes érotiques infernales dont Seward ne nous donna pas le détail car nous étions à table, en présence de deux jeunes filles et de Mrs Wenstera mère. Mais il paraissait très étonné de ce soudain éveil de la libido d'un patient qui était, selon lui, en sommeil depuis plusieurs années. Il avait, semblait-il, rêvé à un mystérieux homme vêtu de noir et, depuis ce rêve, il ne cessait de faire des gestes obscènes à ses infirmiers que pour se livrer à un onanisme effréné. Au cours d'une crise plus violente que les autres, le Dr Seward avait voulu lui administrer un sédatif, mais Renfield était devenu si agressif et s'était tellement débattu — comme une bête furieuse —, qu'il avait cassé deux doigts à un infirmier. Devant la désorganisation de son service, le Dr Seward avait alors eu l'heureuse idée de faire appel au professeur Van Helsing dont l'irruption dans la cellule de Renfield avait immédiatement calmé le dément. Sans doute l'autorité naturelle du professeur y avait-elle été pour beaucoup, Renfield s'étant, aux dires du docteur, littéralement pétrifié à la vue de Van Helsing. De toute évidence, la présence d'une personne nouvelle dans son environnement habituel l'avait troublé, et peut-être même s'était-il senti vexé de s'être ainsi donné en spectacle devant un inconnu, car il était aussitôt tombé dans un profond mutisme, les yeux pleins de larmes. Quelque chose, visiblement, s'était produit qui, en somme, avait « perturbé » son délire. Le cas pathologique de Renfield alimenta notre discussion durant tout le repas, au cours duquel Lucy demanda à se recoucher car elle éprouvait soudain une grande fatigue. Mina l'accompagna et prit le premier tour de garde de la nuit. Dès le café, Mrs Westenra mère regagna elle aussi sa chambre. Le Dr Seward voulut repasser à l'hôpital. Arthur alla se reposer en attendant de relever Mina, quant à Van Helsing; il resta au fumoir avec moi.

La maison était redevenue calme, le silence l'avait de nouveau envahie, et Van Helsing s'arrangea de telle façon que notre conversation de l'autre nuit reprit là où je l'avais interrompue: le château avec

Dracula, les trois hommes… Habilement, il tentait d'en savoir davantage sur les détails de cette aventure que je jugeai scabreux et inutiles. Je cherchai à me dérober, il insista. Je n'oubliai pas dans quel état d'excitation mon récit de l'autre nuit l'avait mis, j'avais encore en mémoire sa façon de caresser un certain endroit de son anatomie et j'imaginais qu'il avait peut-être le désir d'alimenter ses fantasmes. Toujours est-il que le mystérieux jeune homme blond surtout l'intriguait. Mais je n'avais jamais échangé un seul mot avec celui-là… bien que j'eusse pourtant partagé son intimité plus que celle de quiconque en Angleterre ! Van Helsing me posa beaucoup de questions sur la façon dont Dracula m'avait séduit et sur la manière dont il se comportait avec ses complices — en revenant toujours au fameux jeune homme blond. Je lui dépeignis ma surprise lorsque je l'avais découvert couché, au côté de Dracula, dans le même cercueil. Et c'est alors que, brusquement, il s'emporta. Peut-être la description de ces turpitudes heurta-t-elle ses convictions, le choqua-t-elle, bien qu'il me fût apparu jusque-là comme un libre penseur peu enclin à s'indigner des entorses à la morale et aux croyances communes ?

À mon grand étonnement, il me parla de Dracula en des termes tels que l'idée m'effleura qu'il avait eu lui aussi affaire au comte. Il le traita de monstre, de manipulateur, de fauteur de troubles, avec le même ressentiment qu'un amant éconduit aurait pour une ancienne maîtresse… Puis, sous le coup d'un accès de colère, il se leva de son fauteuil et se mit à faire les cent pas dans la pièce en grommelant entre ses dents qu'un jour ou l'autre il faudrait bien mettre un terme à ses agissements. Puis il me pria de l'excuser, prétexta qu'il était fatigué et regagna sa chambre.

Le 1er août

C'est moi, hier soir, qui ai eu des visions. Pour la première fois depuis notre retour à Londres j'avais décidé de rentrer dormir chez moi. Mina avait préféré rester auprès de Lucy : nous nous étions un peu accrochés, si bien que, Mina ayant souligné que nous n'étions pas mariés et que sa place n'était pas sous mon toit tant que nous ne serions pas passés devant le pasteur, j'avais résolu de rentrer seul à Knightsbridge. J'avais besoin de me retrouver chez moi, avec mes propres affaires, dans mon univers personnel.

Mon chemin passe le long des grilles de Hyde Park, et la torride chaleur de l'été s'étant définitivement installée sur la capitale, de nombreux promeneurs semblaient avoir eu l'idée de profiter, eux aussi, de la relative fraîcheur du soir. Je marchai tranquillement lorsque, soudain, une chauve-souris vint voleter au-dessus de moi, me suivit un moment, puis disparut dans les arbres. Quel apaisement que d'écouter le chant des oiseaux de nuit et celui des insectes. Toute la tension nerveuse de ces derniers mois semblait m'avoir quitté. Je fumais en marchant et m'apprêtais à bifurquer vers Brompton Road lorsque je crus voir une silhouette plantée au milieu du parc. C'était très étrange : on aurait dit un homme, les bras écartés, prêt à s'envoler, ou un oiseau de la taille d'un homme dont les ailes s'agitaient. Puis l'apparition baissa les bras (ou plia ses ailes ?), et reprit une apparence normale — celle d'un être humain portant la cape. Ce pouvait être tout simplement un homme du monde rentrant d'une soirée, bien qu'à cette heure de la nuit, le parc soit, en principe, fermé. Mais ma première idée fut — un frisson me parcourut l'échine au moment même où je la formulais mentalement — qu'il s'agissait peut-être du comte. Car depuis ma dernière vision, plusieurs questions me taraudaient : où donc Dracula se trouvait-il ? Où était-il allé après Whitby et ses ébats avec Mina et Lucy ? Les avait-il suivies à Londres ? Il me semblait évident qu'il devait y être aussi. Mais alors pourquoi ne s'était-il pas encore manifesté ? Allait-il le faire ? Et dans ce cas, où, quand et de quelle manière ? Je n'avais pas fini de formuler toutes ces questions dans ma tête que je réalisai la disparition de l'homme sur la pelouse du parc et qu'une voix chuchotait à mon oreille.

— Enfin, je te retrouve, Jonathan. Tu m'as manqué !

Je sursautai. Je connaissais cette voix… Je la reconnaîtrais entre toutes. Dracula était là ; il se tenait derrière moi, collait presque à mon dos. Je sentais son souffle sur ma nuque. Une excitation inattendue parcourut tout mon corps. J'avais chaud et froid en même temps. J'étais heureux et angoissé à la fois. J'avais envie de fuir, et pourtant quelque chose en moi était ravi de le savoir si près.

Il glissa ses mains sur mes hanches et m'attira avec force contre lui.

— Ne crois pas tout ce qu'on te dira sur moi ! murmura-t-il à mon oreille. Je n'ai jamais forcé personne, Jonathan. Ceux et celles qui viennent à moi le font en leur âme et conscience. Et s'ils ont pris goût à l'interdit avec moi, c'est qu'ils m'ont appelé du plus profond de leur être. Moi, je n'ai fait que répondre à leur appel. Mais tout le monde n'est pas prêt à assumer ce qu'il est en vérité, Jonathan : la meilleure défense contre soi-même, n'est-ce pas de rejeter la faute sur les autres ?

— Pourquoi me dites-vous tout cela ? murmurai-je, troublé, tandis que je sentais ses mains commencer à caresser mon corps.

— Pour que tu te fasses ton opinion tout seul, sans te laisser influencer par ce qu'on voudra que tu penses ! Méfie-toi des lâches, Jonathan, ils sont bien plus dangereux que moi !

Je me retournai pour lui faire face et constatai qu'il était rayonnant. Ses cheveux d'un noir bleuté étincelaient sous la lune. Ses grands yeux ressemblaient à deux lacs gelés. Ses lèvres gourmandes me souriaient. Il ne m'était jamais apparu aussi « jeune ». Il passa la langue sur la blancheur de nacre de ses dents, m'attira à lui… Je fermai les yeux. J'eus la sensation que la tête me tournait, de tomber dans un trou sans fond. Il m'embrassa profondément, avec la véritable fougue d'un amant. Sa langue s'enroulait à la mienne et il m'étreignait entre ses bras puissants. Il avait une force et une vigueur insoupçonnées. Il me poussa dans un puits d'ombre, dégrafa ma chemise, fouilla tout mon corps de ses mains. J'aurais dû m'enfuir, penser que je risquais d'être pris en flagrant délit par une ronde de policiers, vu l'endroit où nous nous trouvions, mais plus rien ne paraissait avoir d'importance que le bonheur qu'il m'offrait. Ses doigts s'infiltraient dans chaque recoin de mon corps. D'une pression de ses bras, il me força à me mettre à genoux et m'obligea (mais j'étais consentant) à le « gourmander », puis il me releva, me fit faire volte-face, prendre appui contre les grilles du parc et s'enfonça en moi comme il l'avait fait au château, dans la crypte.

Je ne sais si je hurlai, si je ressentis une quelconque douleur, mais un plaisir intense coula en moi, longtemps, longtemps. La nuit nous enveloppa de plus belle.

Je me réveillai dans mon lit, chez moi, à Knightsbridge ! Mes vêtements étaient correctement rangés sur le fauteuil, comme d'habitude. Personne ne semblait être entré dans la pièce, à part moi. Avais-je donc rêvé une fois de plus ? Pourtant, je n'avais absolument aucun souvenir d'être rentré chez moi cette nuit. Je ne me voyais pas ouvrant la porte avec mes clefs, ni monter l'escalier jusqu'au premier étage, encore moins me déshabiller et me mettre au lit. Avais-je donc une fois de plus inventé cette rencontre avec le comte ? Si tel était le cas, à l'évidence je n'étais pas guéri. Je décidai que le lendemain j'en parlerai au docteur Seward, mais sans rien dire à Mina pour ne pas l'inquiéter, et surtout pour ne pas risquer de provoquer un problème supplémentaire entre nous.

Le 17 septembre

Un autre choc. Une autre révélation. Mon employeur, Mr Hawkins, un vieil homme pour lequel j'avais un véritable sentiment filial (qu'il me rendait apparemment tout aussi fort), est près aujourd'hui de ses derniers instants. La vieillesse, croyais-je jusque-là, l'avait usé ; mais elle n'était pas seule en cause. Le remords et la culpabilité l'avaient aussi, semble-t-il, dévoré de l'intérieur jusqu'à ce que ses forces l'abandonnent totalement.

Contraint de rester chez lui, alité, depuis quelques semaines, il m'avait confié la responsabilité de l'étude, ce dont je me sentais assez fier et heureux, eu égard à la confiance qu'il me témoignait ainsi. Je lui rendais une visite quotidienne, pour me tenir au courant de son état, mais aussi et surtout par amitié. Le pauvre homme semblait si heureux de ma présence.

Cette fin d'après-midi-là, après mes heures de travail à l'étude (j'avais repris mon activité car l'oisiveté ne me semblait pas propice à conjurer et oublier ce que j'avais vécu), je m'assis comme chaque jour à son chevet. Mais soudain, les yeux pleins de larmes, il saisit ma main et m'avoua éprouver le besoin de me faire une confession. J'en fus étonné et pensai qu'il s'agissait d'un égarement passager dû à sa fatigue extrême, mais il insista avec de tels accents de sincérité que je ne pus douter davantage. D'une voix grave mais bien posée, il commença son récit, tout en me faisant jurer de lui pardonner à l'avance ce qu'il avait à me révéler. Tout d'abord, à ma grande surprise, il m'annonça qu'il avait fait de moi son légataire universel, que tous les papiers étaient en ordre depuis déjà longtemps. Je protestai ; il m'interrompit en m'assurant que lorsque je saurais, j'aurais peut-être moins de reconnaissance envers lui. Je protestai de nouveau, mais c'est alors qu'il m'assena une nouvelle qui me laissa complètement abasourdi.

— Je savais pertinemment ce qui vous attendait en vous envoyant chez le comte Dracula! me dit-il gravement, avec un ton coupable, en lisant dans mes yeux mon incrédulité. Je suis impardonnable, Jonathan, mais c'est vrai, je savais ce que le comte allait faire de vous... Vous n'êtes pas le premier! ajouta-t-il encore plein de sous-entendus.

— Qu'est-ce à dire? bredouillai-je, au comble de la confusion.

— Notre monde est complexe, continua-t-il. Nous avons tous des failles, des motivations secrètes qui nous animent et qui ne sont pas faciles à domestiquer, ou à vivre naturellement. Il faut parfois beaucoup « jongler » et composer avec les autres, avec l'image qu'ils souhaitent recevoir de vous, mais qui n'est pas forcément le fidèle reflet de vous-même.

— Que cherchez-vous à me faire comprendre? Quel est le rapport avec mon voyage chez le comte Dracula?

— Je suis un vieil homme, continua Hawkins. J'ai fait beaucoup de rencontres dans ma vie, et il y a de très nombreuses années, alors que je faisais un voyage en Autriche-Hongrie, j'ai rencontré le comte dans des circonstances qu'il n'est pas indispensable de vous rapporter. Ce que je dois vous avouer est que... (Il marqua un silence, puis reprit:) J'étais jeune à l'époque, « j'avais les dents longues », j'étais avide d'argent et de réussite, et j'ai commis une malversation qui a lésé le comte... J'avais imaginé une sorte d'opération immobilière, aux limites de la fraude, sur certaines terres qui appartenaient à Dracula, mais celui-ci s'en est rendu compte et a exercé alors sur moi un chantage, me menaçant de porter en place publique mon indélicatesse… ce qui m'aurait définitivement ruiné et déconsidéré aux yeux de la profession. Nous avons donc… conclu un marché. Contre son silence, j'acceptai de lui fournir régulièrement, à certaines périodes décidées par lui, de jeunes hommes ou de jeunes femmes que je devais lui « expédier », chez lui, dans son château, en Transylvanie. Pour des raisons facilement explicables, il était plus aisé de lui envoyer, sous couvert de tractations professionnelles, des jeunes gens travaillant à l'étude que de faire faire un tel voyage à des jeunes filles innocentes et qui, au surplus, n'avaient aucune raison précise d'entreprendre un pareil périple.

Voyant dans quel état d'hébétude ses révélations me plongeaient, il me donna une tape affectueuse sur l'épaule avant de poursuivre son récit.

— Le comte a des désirs à satisfaire. Tous les sept ans, à la même période où je vous ai envoyé le rejoindre, il attend « l'invité » que je lui ai choisi… Le dernier, juste avant vous, il y a juste sept ans, fut ce pauvre Renfield qui est interné aujourd'hui chez le Dr Seward.

— Renfield ? Il connaît le comte ? m'étonnai-je.

— Oui, très bien même, dit-il plein de sous-entendus. Mais croyez-moi, je n'envoie pas n'importe qui. J'étudie les « candidats » possibles avant de les adresser au comte. S'ils ne me paraissent pas d'une « sensibilité » capable de s'accorder avec les désirs du comte, il est évident que je ne fais pas l'erreur de les dépêcher dans la gueule du loup.

— Voulez-vous dire que moi…, m'indignai-je, je vous ai paru cap…

— Ne vous fâchez pas, mon cher Jonathan, m'interrompit-il. Ce que je veux dire, c'est que j'ai eu le loisir d'étudier votre comportement, votre personnalité, et il m'a semblé que vous étiez susceptible, pourquoi ne pas le dire clairement, de tomber sous le charme du comte. Car il en a, n'est-ce pas ?

— Oui, bredouillai-je, un peu confus d'avoir été ainsi percé à jour, à mon insu, par quelqu'un de mon entourage aussi proche. Mais… et Renfield ?

— Renfield était comme vous lorsqu'il était plus jeune. Brillant, intelligent, bien de sa personne, célibataire et, de plus, il avait aussi un goût prononcé pour l'aventure. Comme vous, il était ravi de partir dans un pays inconnu.

— Et alors, que s'est-il passé ? Pourquoi a-t-il abouti dans la cellule d'un hôpital psychiatrique ? Est-ce à cause du comte ?… Il n'a pas supporté ce que le comte et ses acolytes lui ont fait subir, c'est cela ?

— Pas du tout, répondit Hawkins. Au contraire. C'est le retour qu'il n'a pas supporté. Il avait découvert avec le comte des plaisirs et une liberté, sinon interdits, du moins que notre société britannique n'aime pas voir fleurir au grand jour. Il avait espéré, en toute sincérité, pouvoir continuer à vivre ses penchants érotiques sans avoir à se cacher, mais le regard des autres l'a poussé à la folie. Notre monde n'aime pas la différence, vous le savez, mon pauvre Jonathan. Un homme heureux, épanoui, constitue une sorte d'affront pour la communauté de ceux qui se veulent (et se croient) irréprochables. Ceux-là préfèrent envoyer un homme à la mort plutôt que de le savoir comblé d'avoir emprunté un chemin de traverse qu'eux-mêmes n'ont pas eu le courage d'explorer, ne serait-ce que pour voir où il mène. Ou bien ils avancent masqués à longueur de journée, tout en se livrant en secret aux pires turpitudes. Or justement Renfield, lui, ne souhaitait pas avancer masqué comme ses contemporains. Il voulait être lui-même au grand jour; ce qui, hélas, ne fut pas du goût de tout le monde. Londres est une grande ville, mais l'on s'y comporte comme dans un village. Ici comme ailleurs, il est plus facile de juger de l'extérieur des choses auxquelles on ne comprend rien, plutôt que de parler en son âme et conscience le langage de la vérité! Le genre humain est ainsi, mon pauvre Jonathan. Il a les pieds sur terre et la tête dans la boue, alors qu'il croit côtoyer les plus hautes cimes! Juger les autres rassure sur ses propres faiblesses, et condamner évite de se poser des questions sur soi-même! Ce pauvre Renfield en a fait les frais. Lorsqu'il a entamé une relation suivie avec un homme « respectable », connu et bien établi dans la haute société londonienne, il a cru pouvoir assumer une situation qui n'était pas viable. Peut-être le sera-t-elle un jour, mais il y faudra, à mon avis, beaucoup de temps. Dans une centaine d'années, qui sait? Et encore, l'Homme évolue si lentement!

— Qui était cet homme? Quelqu'un d'influent?

— Une personnalité qui avait, et qui a toujours, sa place dans les salons! Quelqu'un qui a eu peur, comme moi, mais pour d'autres raisons, qu'une rumeur ne vienne ruiner sa réputation.

— Et que s'est-il passé?

— Une chose bien courante, même dans une histoire banale entre un homme et une femme: la rupture. Renfield n'a pas pu supporter l'idée de ne plus revoir cette personne; il a sombré dans une grave dépression nerveuse dont il n'est plus jamais ressorti et...

Je remarquai qu'il hésitait.

— Et?

— Et cette personne l'a fait interner dans l'asile que dirige actuellement le Dr Seward, une façon comme une autre de s'assurer de sa discrétion et de son silence.

— Quelle horreur! Mais qui est donc ce sinistre individu?

— Je ne puis vous le dire, Jonathan. De toute façon, à présent, cela ne servirait à rien. Ce pauvre Renfield est définitivement perdu. (Puis il ajouta avec une certaine émotion :) Ah si vous aviez vu ce pauvre garçon lorsqu'il avait vingt-cinq ans!? il avait fière allure.

— Mais comment le Dr Seward a-t-il pu accepter une pareille chose, interner un homme sous prétexte...?

— Ce n'était pas lui qui à l'époque était en charge de l'asile. Il n'est à ce poste que depuis quatre ou cinq ans.

— Je suis consterné par tout cela, Mr Hawkins, dis-je, médusé.

— Je le sais, mon pauvre ami, mais ma conscience ne me laissait plus de répit depuis que j'avais appris, par Miss Mina, que vous aviez été gravement malade et que l'on vous avait retrouvé à l'article de la mort. Mais que pouvais-je faire? Dracula me tenait, même à distance; je ne suis plus de force pour lutter contre lui. Et puis, après la sinistre mésaventure survenue à Renfield, je craignais qu'il ne vous arrive la même chose. Mais vous avez votre Mina à présent, vous n'êtes pas seul, les choses sont différentes, quoi que ce voyage vous ait révélé sur vous-même.

Je laissai Mr Hawkins mais, en sortant de chez lui, je ne rentrai pas directement. Toutes ces révélations m'avaient bouleversé. Curieusement, la première personne à qui j'avais envie de parler était… le comte lui-même. Je pris donc la direction de Hyde Park, où j'espérais le trouver. C'était là que je l'avais rencontré la dernière fois, si je n'avais pas rêvé ! J'étais totalement abasourdi par la confession d'Hawkins. J'avais besoin de faire le point. Je m'assis sur une chaise, au bord de l'eau, et restai là, les yeux dans le vague. Une lassitude extrême avait envahi mon corps. À un moment, il me sembla apercevoir quelqu'un en train de me fixer loin sur l'autre rive du lac. Pourtant, vu la distance, je ne pouvais en être totalement certain. Je me levai de ma chaise, espérant qu'il s'agissait de Dracula. La silhouette était longue, élancée : elle aurait pu être celle du comte…

L'homme en question était debout, appuyé contre un arbre. Je réalisai seulement alors que le jour mourait peu à peu. Une véritable exaltation monta en moi à cette idée. Les gardiens du parc commençaient à annoncer la fermeture de celui-ci à coups de sifflets stridents. Je tournai la tête une fraction de seconde, distrait par l'un d'entre eux, et lorsque mon regard revint se fixer de l'autre côté du lac, l'inconnu avait disparu. Une vague de désespoir me submergea. J'avais le sentiment de me retrouver seul, désemparé.

Une boule de nerfs se noua en moi ; pour en conjurer les effets j'avais besoin de me défouler, d'exploser, de me livrer à un acte libératoire, mais lequel ? Incapable de prendre un parti, je rentrai chez moi.

J'y étais depuis une heure à peine lorsque quelqu'un sonna à ma porte. C'était Van Helsing. Surpris, je remarquai qu'il s'était rasé de près et qu'il était vêtu avec plus de recherche que d'habitude. Je le priai d'entrer et nous nous installâmes au salon. Avec la chaleur pour excuse, nous commîmes le crime de boire du whisky allongé de quelques morceaux de glace. Van Helsing semblait reposé mais me parut avoir du mal à dissimuler une certaine fébrilité, une certaine agitation intérieure. Il me parla de Mina, me questionna sur nos projets de mariage, évoqua la maladie de Lucy qui, pour lui, s'apparentait en fin de compte à une maladie nerveuse. Il loua la force et la vitalité d'Arthur qui, bien que d'une imposante carrure, s'avérait être, somme toute, quelqu'un d'assez sentimental, à l'opposé de l'image qu'il offrait à la première rencontre. Van Helsing avait visiblement pour lui une grande sympathie. Je tardai à me rendre compte qu'il m'entraînait à boire, mais, moins d'une heure après son arrivée, je m'aperçus que nous avions liquidé le contenu d'une carafe entière de whisky. Comme je lui en faisais la remarque, il me répondit que l'alcool déliait les langues et les pensées — qu'il portait aux confidences. J'estimai lui en avoir déjà fait suffisamment, il me répliqua que c'était peut-être à lui de m'en faire.

Son besoin de parler faisait-il partie d'un plan ou était-il sincère ? Toujours est-il qu'il s'engagea dans le récit de sa vie. Il me parla de ses nombreux voyages en Europe, des conférences qu'il avait données à plusieurs reprises à Rome, à Budapest, à Paris, à Amsterdam. Mes propres confessions m'autorisant à mon tour quelque indiscrétion, je lui demandai pourquoi lui ne s'était jamais marié. À cinquante ans passés, un homme de son rang ne se devait-il pas d'avoir (ne fût-ce que pour la façade !) une vie familiale ? Il prit un air mystérieux, hésita, sembla chercher ses mots, ce qui n'est pas dans ses habitudes, et finit par reprendre d'un air entendu (quelle façon d'éluder ma question !) :

— Je sais ce qu'il vous a fait !

Ne comprenant pas, je lui demandai de quoi et de qui il parlait.

— Le comte Dracula, évidemment ! Je sais ce qu'il aime, et vous aussi le savez.

Je lui répondis qu'évidemment je savais qu'il était au courant puisque c'était moi qui lui avais fait le récit de mon aventure en Transylvanie. Visiblement, il n'était pas tout à fait dans son état normal. J'avais le sentiment qu'il tournait autour du pot sans parvenir à se décider. Puis, voyant qu'il avait besoin d'aide, je lui posai carrément la question.

— Mr Van Helsing, qu'avez-vous à me dire ou à me demander ? Au point où nous en sommes, je peux tout entendre, ne croyez-vous pas ?

Il me regarda, passa ses doigts dans sa barbe et se jeta à l'eau :

— Jonathan, cet homme est dangereux ! Le comte représente une menace pour tout le monde ici… Il… sait des choses qui peuvent nous compromettre tous ! *Il faut nous en débarrasser !*

— Nous en débarrasser ? Voulez-vous dire qu'il faut…

— …*le tuer*, Jonathan, c'est bien ce que je veux dire !

— Mais Abraham (j'employais pour la première fois son prénom) : ce serait un crime ! Dracula n'a tué personne, que je sache.

— Ce qu'il est capable de faire est bien pire, il peut détruire nos réputations : la vôtre, par ricochet celle de Mina, et de bien d'autres personnes encore, croyez-moi. Imaginez que le bruit de votre mésaventure au château se mette à courir dans Londres. Comprenez-vous quelles pourraient être les conséquences d'une pareille rumeur ?

J'avoue que cette idée ne me rassurait pas. De plus il avait raison, d'autres que moi risquaient les pires ennuis s'il parlait. Je pensai bien sûr à Mr Hawkins… mais de là à vouloir éliminer Dracula. L'idée même me révulsait. J'avalai mon verre d'un trait.

— Ne paniquez donc pas, Jonathan. Je comprends ce que cette idée peut avoir d'effrayant. Convenez pourtant qu'elle mérite réflexion. Considérez-la calmement, s'il vous plaît ; et laissez-la mûrir. De toute façon, nous ne pouvons pas faire cela tous seuls, et nous devrons agir avec la plus grande discrétion. Il nous faudra du temps, une minutieuse préparation. Nous en reparlerons une prochaine fois. Pardonnez-moi de vous troubler ainsi. Mais vous verrez, après réflexion, que vous me donnerez raison.

Puis, comme pour calmer le jeu, il répondit à la question que je lui avais posée juste avant, et que j'avais entre-temps oubliée.

— Quant à mon mariage… ou plus exactement mon non-mariage, dit-il en riant, à mon tour de vous faire une petite confidence intime, que bien entendu je vous demanderai de garder pour vous : ce sera notre petit secret, au même titre que celui de votre aventure transylvaine sur lequel je vous garantis mon silence, un lien entre nous en somme … Voyez-vous, j'ai… (De nouveau il hésitait, semblait chercher ses mots pour trouver les plus justes.) J'ai depuis longtemps, je pourrais même dire depuis toujours, été attiré par les deux sexes et, pour cette raison, je n'ai jamais voulu choisir entre une femme ou un homme. Avec le temps, je peux même dire que j'en suis arrivé à préférer me consacrer aux délices du plaisir solitaire… mais parfois, quand l'occasion se présente, lorsque je trouve un ou une partenaire… c'est sans hésitation que je partage le plaisir qu'il ou elle peut m'offrir ! ajouta-t-il avec un regard… engageant ?

Il laissa sa phrase en suspens, comme en attente d'un complément.

— Avez-vous… eu de nouvelles expériences depuis votre retour en Angleterre ? me demanda-t-il en posant sa main sur mon genou.

Je me fis intérieurement la réflexion que ce devait être pour lui un geste habituel, naturel, qu'il avait eu à mon endroit dès notre première conversation en tête à tête. Je lui mentis, je lui tus ma dernière rencontre furtive (ou imaginaire) avec Dracula.

— Étant donné vos relations, ou votre manque de relations avec Mrs Mina… cela ne vous manque-t-il pas ? me demanda-t-il.

J'eus du mal à dire non.

— Certes ! Un peu, concédai-je à regret.

— Nous pourrions… comment dire ?… Nous aider mutuellement, si vous le désirez, Jonathan.

— Précisez votre pensée ! répliquai-je, en devinant quelle allait être sa proposition.

— Nous avons tous, à des degrés divers, un certain penchant pour l'érotomanie, même si son intensité dépend des circonstances, du vécu de chacun ou parfois des saisons. Il est des besoins qui sont difficiles à satisfaire, mais qui n'en sont pas moins vitaux, indispensables. Vous en savez quelque chose, me semble-t-il ?

— Inutile de tergiverser, Abraham, coupai-je. Nous sommes seuls, que proposez-vous ?

— Oh, rassurez-vous, rien d'extraordinaire, mais il me semble qu'un défoulement nous ferait le plus grand bien à tous les deux. J'aimerais assez… vous regarder vous faire du bien tandis que j'en ferais autant : la chose vous paraît-elle incongrue ?

Vu mon état de nerfs depuis la fin de l'après-midi, la confession d'Hawkins et la rencontre ratée de Hyde Park, j'avoue que la perspective de ce petit amusement ne me déplaisait pas et j'acceptai donc aussitôt ; ce qui parut le surprendre (agréablement). Je tenais là le « défoulement » dont j'avais besoin. Après tout, pensai-je, cela ne porterait pas à conséquence. Il prit place dans un fauteuil en face de moi, le rapprocha un peu et me regarda sortir mon sexe de mon pantalon pour commencer à me masturber. Il se mit à en faire autant et je pus constater qu'il n'avait pas été gâté par la nature, car il extirpa avec peine un petit appendice de sa braguette, ce qui, à y réfléchir, pouvait expliquer bien des choses. L'excitation et l'énervement de la journée m'amenèrent à une jouissance rapide ; lorsqu'il sentit que j'allais arriver au moment crucial, il se mit à genoux devant moi et me demanda s'il pouvait « me finir » dans ses mains ! Ayant abandonné toute pudeur, je cédai à sa prière. Je mis quelques instants à reprendre mes esprits, me trouvai un peu gêné en réalisant ce que je venais de faire, mais la chose ne parut pas avoir d'effet sur Van Helsing qui, de son côté, n'arrivait pas à atteindre l'état désiré et qui, finalement… abandonna. Il me demanda s'il pouvait se laver les mains, puis il se retira après m'avoir demandé à brûle pourpoint juste au moment de partir :

— Au fait, avez-vous des nouvelles récentes de Mr Hawkins ?

— Oui, répondis-je, je l'ai vu cette après-midi.

— Ah ! Et comment va-t-il ?

— Son état semble stationnaire. Mais j'ignorais que vous vous connaissiez.

— Vaguement. Très vaguement. Est-il vraiment faible ?… Je veux dire, son esprit est-il toujours vif, ou bien la vieillesse l'a-t-elle diminué au point…

— D'être devenu sénile ? Pas du tout, rassurez-vous, il a l'esprit parfaitement clair.

— Ah bon. Tant mieux ! ajouta-t-il ; puis il partit.

Après qu'il eut refermé la porte derrière lui, je fus pris d'un fou rire rétrospectif, me demandant si j'avais réellement participé à de tels jeux de collégiens avec un homme qui aurait pu être mon père, ou si, une fois de plus, j'avais été victime d'une nouvelle aberration. Pourtant, cette fois, le doute n'était plus permis. Je me mis au lit, fatigué mais apaisé, et je dormis comme un loir !

Le 18 septembre

Le lendemain, j'étais de garde avec le Dr Seward au chevet de Lucy qui avait fait une rechute et que la fièvre avait de nouveau clouée au lit. L'intimité forcée de cette soirée me permit de mieux apprécier Jack, que je prenais pour un solitaire enfermé dans sa tour d'ivoire, mais qui, en cette occasion, m'apparut aussi sympathique que méritant d'être mieux connu. J'avais rencontré pour la première fois le Dr Seward le jour où, à l'occasion d'un petit séjour à Whitby, Mina m'avait présenté Lucy. À l'époque en effet, Lucy et Jack étaient fiancés, et tout semblait les destiner l'un à l'autre. Les bans étaient sur le point d'être publiés lorsque l'imprévisible s'était produit. Au cours d'une soirée organisée par les parents de Lucy, Mr et Mrs Westenra (le père de Lucy devait disparaître trois mois plus tard d'un arrêt cardiaque), Lucy tomba sous le charme de l'un des invités, qui n'était autre que ce cher Arthur Holmwood.

Durant cette nuit de veille, Jack m'apprit, entre autres choses et sous le sceau de la confidence, que c'était grâce à Van Helsing qu'il avait obtenu son poste à l'hôpital. Il m'apprit également, en me précisant qu'il comptait sur la plus totale discrétion de ma part, que ce cher Van Helsing avait, il y a de nombreuses années, été follement amoureux d'une mystérieuse personne qui l'avait subitement abandonné pour suivre quelqu'un d'autre. Jack m'avoua qu'au cours d'un séjour chez son ami, à Amsterdam, il était tombé par hasard sur une vieille lettre adressée à Van Helsing par une femme qui l'informait en ces termes de sa décision de rompre : « Je pars. Ne cherche pas à me retrouver. J'ai rencontré mon maître. Signé : L. »

Ma première réaction fut de penser à Lucy, mais évidemment la chose était impossible ; l'aventure à laquelle Seward faisait allusion remontait à sept ou huit ans, c'est-à-dire une époque où Lucy n'était encore qu'une enfant. Qui était donc cette mystérieuse « L » ? Personne sans doute, à part l'intéressé lui-même, ne le saurait jamais, car Van Helsing avait depuis, semblait-il, toujours gardé un mutisme total sur cette histoire, même avec Seward. Pourtant, la rupture entre Lucy et Jack avait entre-temps singulièrement rapproché les deux hommes qui avaient vécu tous les deux une identique et douloureuse désillusion amoureuse.

Une confidence en amenant une autre, le Dr Seward me demanda de lui jurer le silence à propos du secret dont il s'apprêtait à me parler. Je le lui promis, quoi qu'il m'apprenne ; rassuré, il avala une gorgée de brandy et reprit d'un air presque coupable :

— Je sais pourquoi Lucy a préféré Arthur…

Il n'avait pas l'habitude de boire, mais il en était à son troisième verre et je me rendis compte qu'il commençait à éprouver quelque difficulté pour s'exprimer. Il bégayait presque. Il s'approcha de moi et me dit à mi-voix :

— Arthur est mieux doté par la nature que moi ; c'est là l'unique raison du revirement de Lucy. Je ne savais pas à quel point elle aimait les…

Il s'interrompit, comme sur le point de dire une insanité que, finalement, il n'osa pas formuler. L'instant aurait pu être comique si Seward n'avait été pathétique : sa voix s'étrangla dans un sanglot qu'il un alibi et trois témoins prêts à m'innocenter au cas où la police en viendrait à me soupçonner. Quant à Van Helsing, il a avancé, au cours d'une discussion avec Seward et Arthur, que peut-être… Dracula ?

Après ce que Hawkins m'avait confié, cette hypothèse pourrait être envisageable mais, pour une raison que je ne m'explique pas, j'ai le plus grand mal à l'admettre. Quel intérêt le comte aurait-il eu à faire disparaître Hawkins aujourd'hui, après tant d'années ? S'il avait voulu se protéger de quelqu'un susceptible de parler, c'était de moi qu'il aurait dû se débarrasser, puisque je suis, a priori, la personne qui pourrait avoir le plus de griefs contre lui ; or ce n'est pas le cas.

Quelque chose cloche. Hawkins couvrait-il quelqu'un d'autre ?

Ce soir, j'ai en outre fait une autre découverte, après avoir retrouvé Van Helsing et Arthur chez Mrs Westenra, où je devais partager avec eux la garde de Lucy dont l'état de santé varie du tout au tout du jour au lendemain. Je discutai avec Arthur jusqu'à près de minuit, puis, mon heure de garde étant arrivée, je pris congé pour me rendre dans la chambre de Lucy où Van Helsing la veillait depuis huit heures. Pendant ce temps, Arthur prendrait un peu de repos en attendant de me relever quatre heures plus tard. Je le laissai donc au salon-fumoir et montai l'escalier menant à la chambre de Lucy.

Arrivé devant sa porte, je ne sais pourquoi, je m'abstins de frapper, ouvris lentement, avec précaution… et surpris une nouvelle scène de débauche. Lucy gisait, la poitrine nue, en travers de son lit, endormie, tandis que Van Helsing se livrait, comme il l'avait fait avec moi quelque temps plus tôt, à une masturbation laborieuse qui ne semblait pas donner plus de résultat ! Il ne me vit même pas ; il paraissait se trouver dans un état second, les yeux hagards, exhibant son ridicule appendice devant Lucy qui continuait de dormir en respirant bruyamment. Je refermai la porte et redescendis, à peine moins étonné qu'après avoir été le témoin involontaire des ébats de Lucy et d'Arthur… tout en prenant aussitôt le parti de ne pas raconter davantage ce que je venais de voir — encore moins à Arthur qu'à quiconque !

Le 20 septembre

Nous avons enterré ce pauvre Mr Hawkins en milieu d'après-midi, au cimetière d'Highgate, dans la cité des morts, cet étonnant « village de tombeaux » perdu au milieu de la végétation. Il y avait peu de monde, les gens de l'étude, Mina et moi, ainsi que, à ma grande surprise, Van Helsing qui, apparemment, était surtout venu faire une « visite de courtoisie », car je ne pense même pas que les deux hommes se fussent même rencontrés une seule fois.

Selon sa gouvernante, une lettre qui m'était destinée et que Mr Hawkins lui avait fait jurer de me remettre après sa mort, aurait disparu dans des conditions qu'elle ne s'explique pas. Sans doute l'agitation et le désordre qui suivent chaque décès en sont-ils la cause. Je ne pense pas que cela ait une grande importance. Nous la retrouverons bien un jour. Pour l'heure, ce qui importe c'est que je savais qu'elles étaient les dernières volontés du défunt et ses recommandations pour la cérémonie funèbre.

Adieu Mr Hawkins, quoique vous ayez eu à vous reprocher à mon égard, je vous conserve toute mon affection.

Le 21 septembre

Le lendemain, lorsque je revins à la demeure de Mrs Westenra, Mina était absente. Elle avait prétexté une course à faire à Piccadilly et s'était éclipsée en tout début d'après-midi. Van Helsing non plus n'était pas là. Je montai à la chambre de Lucy, qui semblait aller beaucoup mieux. Elle était réveillée et lisait, assise dans son lit. Je ne pus m'empêcher d'admirer sa poitrine généreuse qu'un décolleté mettait superbement en valeur ; la pointe de ses seins dressés attirait l'œil à travers le tissu transparent de sa chemise de nuit. Ses yeux pétillaient de malice. Au moment où je me penchai vers elle pour embrasser son front, elle se redressa avec énergie, colla ses lèvres contre les miennes en rugissant et se jeta sur mon bas-ventre pour sortir mon sexe. Je fus tellement décontenancé par son acte que je n'eus pas le temps de l'en empêcher. Elle prit mon membre avec brutalité et se mit à le frotter contre ses seins. Par bonheur, ma réaction fut immédiate, je me dégageai, remis de l'ordre dans mes vêtements et tentai de calmer cette ardeur imprévue qui semblait, à présent, lui faire perdre ses esprits. Elle s'agitait, comme sous l'effet d'une crise d'hystérie, affirmait avoir absolument besoin d'un homme. Elle semblait complètement hallucinée, comme si une autre personne, cachée dans son corps, poussait ces halètements d'excitation. Elle ne se ressemblait plus ! J'en fus fort choqué. Grâce au ciel, Jack, le Dr Seward, entra alors dans la chambre, s'exclamant aussitôt :

— Ce n'est plus possible, ses crises sont de plus en plus fréquentes : c'est déjà la deuxième depuis ce matin ! Je crains qu'il ne nous faille bientôt prendre une décision importante et irrévocable !

Puis à midi, lorsque nous fûmes tous réunis, Mrs Westenra, Mina, Arthur, Van Helsing, Jack et moi-même, en un véritable « conseil de famille », Seward nous annonça que désormais il était quasi certain de son diagnostic : Lucy souffrait de nymphomanie chronique et son état ne cessait d'empirer. Aussi, et « dans l'intérêt même de cette pauvre enfant », pensait-il qu'un internement était désormais devenu inévitable. « Pour une durée indéterminée », précisa-il encore, sans nous cacher qu'il y avait fort peu de chances pour que Lucy ressorte un jour de l'hôpital. Enfin, dans le souci de préserver sa réputation et celle de sa famille, nous décidâmes d'un commun accord de faire passer Lucy pour morte aux yeux des étrangers, et nous nous engageâmes solennellement, tous les six, à tenir le secret absolu de son internement comme, bien entendu, celui des raisons qui y avaient conduit.

Le 23 septembre au soir

Cette après-midi, nous avons donc assisté à l'enterrement « symbolique » de Lucy. Elle a été

« discrètement » internée (Dieu que ce mot est sinistre !) dans l'asile du Dr Seward, avec pour piètre consolation le fait de savoir qu'elle est géographiquement proche de nous, et surtout qu'elle est entre de bonnes mains, celles de notre dévoué Jack.

Arthur, ce pauvre Arthur est effondré. Mina ne cesse plus de pleurer. Quant à cette pauvre Mrs Westenra, la mère de Lucy, je n'en parle même pas : elle n'est plus que l'ombre d'elle-même !

Ce soir nous avons dîné, ou fait mine de dîner, car évidemment aucun de nous n'avait faim. Mina a prétexté une migraine pour regagner sa chambre dès que Mrs Westenra se fut retirée. Nous restâmes entre hommes et, bien sûr, notre discussion eut pour uniques sujets Lucy et sa maladie. J'appris ainsi que chacun de nous avait été l'objet des « assauts » de la « jeune fille », et que, si j'avais été le dernier à subir ses tentatives de séduction, Jack avait dû y faire face régulièrement dès le premier jour où il l'avait soignée. Il convient, à ce moment de mon récit, de signaler son extrême rigueur morale, lui qui n'avait jamais cédé à la tentation de profiter des circonstances pour satisfaire ses instincts à bon compte, bien qu'il eût été longtemps considéré comme son fiancé, et que je connusse la force du désir que Lucy lui inspirait. Arthur, lui, paraissait fort mal à l'aise en écoutant Jack. Quant à Van Helsing, il prétendit, avec un aplomb que j'étais bien placé pour apprécier à sa juste valeur, avoir toujours refusé de céder aux avances de Lucy. Mais bien sûr, je gardai silence, tant il eût été indécent de ma part de révéler ce que j'avais surpris à un pareil moment.

Le 24 septembre, 4 heures du matin

J'ai honte de moi. Ces derniers temps, je regardais Van Helsing avec des yeux pleins de réprobation et de défiance, eu égard à son comportement on ne peut plus critiquable en certaines occasions, et voilà que je me révèle pire que lui. Et voilà que cette nuit, j'ai commis moi aussi un acte impardonnable…

Comme je l'ai dit plus haut, nous avions passé la soirée entre hommes chez Mrs Westenra. Mina étant couchée, Seward ayant regagné l'hôpital en compagnie de Van Helsing, j'étais resté seul avec Arthur qui ne cessait de boire pour noyer son chagrin. Voyant l'heure tardive, je me proposai de rentrer chez moi, et c'est alors qu'il m'offrit de me raccompagner de façon à calmer, en marchant, son état d'énervement et d'angoisse. Nous longeâmes donc ensemble la grille de Hyde Park jusqu'à Knightbridge comme j'aime à le faire certains soirs quand le temps s'y prête. Je dois consigner le fait qu'à un moment, il m'a semblé que nous étions suivis. Je rêvai un instant que c'était le comte, mais, si c'était lui, il ne se montra pas : sans doute s'agissait-il, une fois de plus, d'une manifestation de mon imagination débordante, car de tout le chemin nous ne vîmes âme qui vive. Arrivé devant chez moi, je n'eus pas le cœur d'abandonner Arthur seul, sur le trottoir. Je lui proposai donc d'entrer prendre un dernier verre. Il était deux heures du matin, mais qu'importait, cette journée n'avait pas été une journée comme les autres — heureusement en un sens. Il accepta et bien que je n'en eusse plus très envie, par civilité à l'égard de mon hôte, je crus devoir redevienne « normal »; du moins en donne-t-il l'apparence. Il n'est plus sujet à ces crises de démence qui le conduisaient à se montrer violent et agressif. Ses propos sont de plus en plus cohérents. Si bien que Jack en est même venu à envisager sa sortie et que Renfield aurait été jusqu'à lui demander d'intercéder auprès de moi dans le but d'être repris à l'étude Hawkins! Comment sait-il donc que j'en suis désormais le directeur? Quoi qu'il en soit, et si le Dr Seward ne s'y oppose pas, j'ai décidé qu'il y retrouverait sa place. Van Helsing, de son côté, estime que Renfield est un fabulateur, qu'il n'est pas guéri et fait seulement mine de l'être. Autrement dit, il nous conseille de nous en méfier. L'avenir nous dira qui a vu juste.

En tout cas la vie est étrange et pleine de paradoxes, car voici qu'en un même lieu se trouvent à présent Renfield, considéré, il y a peu, comme perdu pour le monde, mais qui semble progressivement donner tous les signes de guérison, et Lucy, qui paraissait faite pour le bonheur d'une existence paisible, et qui désormais se retrouve prisonnière à jamais de cet établissement de fous.

Le 26 septembre

Mina! Il semble que les événements nous éloignent lentement mais sûrement l'un de l'autre. Peut-être avons-nous appris à nous débattre l'un et l'autre dans nos solitudes respectives, au point de n'avoir plus besoin d'en parler? Il me semble qu'il y a une éternité que nous ne nous sommes pas retrouvés seuls,

Le 24 septembre, 4 heures du matin

J'ai honte de moi. Ces derniers temps, je regardais Van Helsing avec des yeux pleins de réprobation et de défiance, eu égard à son comportement on ne peut plus critiquable en certaines occasions, et voilà que je me révèle pire que lui. Et voilà que cette nuit, j'ai commis moi aussi un acte impardonnable...

Comme je l'ai dit plus haut, nous avions passé la soirée entre hommes chez Mrs Westenra. Mina étant couchée, Seward ayant regagné l'hôpital en compagnie de Van Helsing, j'étais resté seul avec Arthur qui ne cessait de boire pour noyer son chagrin. Voyant l'heure tardive, je me proposai de rentrer chez moi, et c'est alors qu'il m'offrit de me raccompagner de façon à calmer, en marchant, son état d'énervement et d'angoisse. Nous longeâmes donc ensemble la grille de Hyde Park jusqu'à Knightbridge comme j'aime à le faire certains soirs quand le temps s'y prête. Je dois consigner le fait qu'à un moment, il m'a semblé que nous étions suivis. Je rêvai un instant que c'était le comte, mais, si c'était lui, il ne se montra pas : sans doute s'agissait-il, une fois de plus, d'une manifestation de mon imagination débordante, car de tout le chemin nous ne vîmes âme qui vive. Arrivé devant chez moi, je n'eus pas le cœur d'abandonner Arthur seul, sur le trottoir. Je lui proposai donc d'entrer prendre un dernier verre. Il était deux heures du matin, mais qu'importait, cette journée n'avait pas été une journée comme les autres — heureusement en un sens. Il accepta et bien que je n'en eusse plus très envie, par civilité à l'égard de mon hôte, je crus devoir boire… un peu plus d'un verre en sa compagnie. À demi ivre, il ne cessait de se blâmer pour sa conduite envers Lucy. Il m'avoua alors, ce que je savais déjà, qu'il avait plusieurs fois cédé, sans état d'âme, aux avances de sa fiancée. Et de m'expliquer que ses désirs étaient si forts qu'il n'était pas parvenu à les endiguer comme un gentleman aurait dû le faire. Comment aurais-je pu lui jeter la pierre ? Je confiai au contraire mes désirs contrariés pour Mina, et lui assurai que je comprenais mieux que quiconque ce qu'il venait de me confier. Il en parut rassuré. Il pleura, but encore. Il me pressa contre lui, m'appela son ami, son frère. Son chagrin me le rendait soudain très proche, je me sentais profondément ému par sa détresse. Poussés à la fois par le chagrin et par l'alcool, nous tombâmes dans les bras l'un de l'autre, nous étreignant comme des âmes en peine. Puis soudain il parut succomber à la fatigue ; il se laissa tomber à la renverse sur son fauteuil, jambes écartées, la tête en arrière, et se mit à ronfler. Je me retrouvai seul, face à lui, la tête lourde, un peu ivre moi aussi. Voyant qu'Arthur dormait à poings fermés, j'allais le transporter sur un sofa pour qu'il puisse passer la nuit de façon plus confortable, lorsque, m'apprêtant à le soulever, je ne sais ce qui m'a pris… je m'agenouillai devant lui… et, fasciné par l'énorme paquet qui se dessinait à son entrejambes, je commençai, tel un automate, à déboutonner sa braguette. Je plongeai la main dans son pantalon et en ressortis une fabuleuse masse de chair qui, en dépit de sa flaccidité (normale puisqu'Arthur dormait), me rendit fou de désir. J'admirai longuement sa virilité et compris que ce pauvre Seward n'ait eu aucune chance de l'emporter auprès de Lucy. Qui pourrait bien rivaliser avec Arthur sur ce plan-là ?... à part le comte Dracula. Je caressai cette magnifique « tubulure » de chair, ces bourses pendantes, lourdes comme une grappe de raisin, passai ma langue avec ravissement sur la surface de son gland décalotté, tout en me masturbant avec bonheur. Une fraction de seconde, alors que j'enfonçai le membre encore flasque d'Arthur dans ma gorge, j'entrouvris les yeux et il me sembla alors apercevoir le visage du comte qui m'observait par la fenêtre avec un sourire équivoque et moqueur. Mais tout à mon plaisir, j'écartai cette vision jusqu'à ce que mon éjaculation me ramène à la réalité : Arthur affalé, le sexe à l'air, sur ce fauteuil, et moi, à genoux, les mains pleines de ma semence... la honte m'envahit soudain, et je priai le ciel (j'avais encore cette impudence !) qu'Arthur ne se réveillât pas avant que j'aie eu le temps de nous remettre en ordre tous les deux.

C'est chose faite. Il dort toujours, et me voici dans ma chambre, à écrire ces lignes. Pauvre Arthur ! Et pauvre Jonathan : j'ai tellement honte de toi !

Le 25 septembre

Selon Jack, les visites nocturnes rendues à Renfield ont continué ! Il a encore été retrouvé au petit matin dans un état indescriptible, à demi-nu, mais, curieusement calme, doux — comme apaisé. Selon le Dr Seward, il semblerait cependant que, contre toute attente, son état s'améliore et que, peu à peu, il redevienne « normal »; du moins en donne-t-il l'apparence. Il n'est plus sujet à ces crises de démence qui le conduisaient à se montrer violent et agressif. Ses propos sont de plus en plus cohérents. Si bien que Jack en est même venu à envisager sa sortie et que Renfield aurait été jusqu'à lui demander d'intercéder auprès de moi dans le but d'être repris à l'étude Hawkins ! Comment sait-il donc que j'en suis désormais le directeur ? Quoi qu'il en soit, et si le Dr Seward ne s'y oppose pas, j'ai décidé qu'il y retrouverait sa place. Van Helsing, de son côté, estime que Renfield est un fabulateur, qu'il n'est pas guéri et fait seulement mine de l'être. Autrement dit, il nous conseille de nous en méfier. L'avenir nous dira qui a vu juste.

En tout cas la vie est étrange et pleine de paradoxes, car voici qu'en un même lieu se trouvent à présent Renfield, considéré, il y a peu, comme perdu pour le monde, mais qui semble progressivement donner tous les signes de guérison, et Lucy, qui paraissait faite pour le bonheur d'une existence paisible, et qui désormais se retrouve prisonnière à jamais de cet établissement de fous.

Le 26 septembre

Mina ! Il semble que les événements nous éloignent lentement mais sûrement l'un de l'autre. Peut-être avons-nous appris à nous débattre l'un et l'autre dans nos solitudes respectives, au point de n'avoir plus besoin d'en parler ? Il me semble qu'il y a une éternité que nous ne nous sommes pas retrouvés seuls, en tête à tête. La maladie de Lucy a certes profondément perturbé nos vies ces derniers temps, mais il y a plus, quelque chose d'indicible qui est venu s'interposer entre Mina et moi. Je le sens. J'en ai la certitude... Et curieusement, je pourrais presque dire que je n'en souffre pas.

Mais elle, de son côté, comment vit-elle la chose ? Son chagrin d'avoir perdu Lucy l'occupe-t-il assez pour qu'insensiblement elle m'oublie ? Je voudrais lui faire comprendre que je compatis à sa douleur... et à tout ce qu'elle implique, mais en même temps une sorte de force obscure m'en empêche, comme une voix intérieure qui me dirait que tout cela est inutile.

J'ai du mal à y voir clair. Pourtant, le temps passe et, le cas de Lucy étant malheureusement « réglé », il va bien falloir penser à nous, décider de la direction que vont prendre nos vies. Ai-je encore réellement envie de ce mariage ? Et elle ? Voici une éternité que nous n'en avons plus reparlé.

Les choses vont rentrer dans l'ordre, Van Helsing va regagner Amsterdam, Arthur va quitter l'Angleterre pour rentrer soigner ses blessures en Amérique... Et nous, qu'allons-nous devenir ? Et Dracula ? Que fait-il à Londres ? Pourquoi ce silence et pourquoi son silence me plonge-t-il dans un tel désarroi ? Il a éveillé certaines choses en moi qui ne peuvent plus rester dans l'ombre et dont je voudrais parler... mais à qui sinon lui ? Dois-je le voir comme un libertin sans scrupule ainsi que se plaît à le dépeindre Van Helsing, ou bien est-il simplement un être différent... trop différent pour le monde dans lequel je vis ?

Le 1er octobre

Voilà plus d'une semaine que Lucy est dans « son cercueil », prisonnière de cet horrible asile, plein du bruit de la fureur des uns, plein du silence du désespoir des autres. Le Dr Seward nous a interdit les visites, dans notre intérêt comme dans celui de Lucy : il craint à la fois que nous ne souffrions de la voir réduite à l'état de « légume », et que notre présence ne suscite chez elle de nouvelles crises. Seules Mina et Mrs Westenra se sont vu accorder l'espoir que, peut-être, dans quelque temps, elles pourraient venir la voir, de temps à autre, si son état permet d'envisager la chose.

Mina, pour se distraire de son chagrin, a décidé d'apprendre la sténographie, une nouvelle technique qui doit révolutionner le monde de l'écrit. Elle pense ainsi dans l'avenir, pouvoir peut-être seconder Seward. L'idée lui en est venue après une discussion avec Van Helsing qui lui confiait avoir besoin, souvent, d'une assistante capable de prendre ses cours et ses conférences en sténo. Une nouvelle carrière s'ouvre-t-elle pour Mina ? À moins que ce ne soit juste un stratagème, conscient ou non, pour être plus près de Lucy ? Qui sait ?

Nous ne parlons plus de mariage pour l'instant ; pourtant l'un comme l'autre nous savons que nous avons besoin de l'autre ! Même sans le dire ouvertement. Le moment d'en reparler viendra sans doute bientôt, du moins je le souhaite.

Le 3 octobre, minuit

J'ai eu une nouvelle vision ! Voilà des jours et des semaines que cela ne s'était plus produit. C'était étrange. Plus angoissant que la première fois. Une sensation d'étouffement. C'est horrible à décrire, mais c'était comme si j'étais enfermé dans un cercueil et qu'un terrible danger me menaçait sans que je puisse rien faire pour me défendre. Je sentais une sorte de pression s'exercer sur moi, de l'intérieur, jusqu'à ce que, soudain, tout explose et que je me retrouve dehors, dans la nuit. J'étais à Hyde Park, seul. Je marchais, je courais… Les loups du parc zoologique se mirent à hurler… Puis soudain, je me retrouvai… dans une cellule… et là, Renfield, étonnamment beau, m'attendait, assis sur sa couchette. Il avait des océans de confiance dans les yeux. Il pleurait dans mes bras… de bonheur. Et il me racontait… NON ! Je ne veux pas y croire ! C'est tellement inconcevable !…

Puis je me réveillai. Mais un sentiment confus persistait de mon rêve, comme un message, une information que je ne devais pas retrouver dans la réalité, parce qu'elle était trop… trop quoi ? Je ne sais plus. C'est comme si mon esprit voulait censurer quelque chose dont il ne faut pas que je me souvienne !

Le 4 octobre, 4 heures du matin

Je reçois des messages bizarres. Quand je dis « message », c'est d'un message mental que je veux parler… Pendant mon sommeil, après l'étrange vision de cette nuit, il m'est arrivé un autre type de « communication »… Une adresse. Une simple adresse :

138 Piccadilly Street. Que signifie-t-elle ? Dois-je m'y rendre ?

Je ne sais pas. Je l'ai notée par précaution, au cas où.

Le 10 octobre

Les liens se défont. Les gens s'éloignent. La vie nous rattrape tous. Une très forte osmose s'était créée entre les membres de la « petite famille » qui s'était regroupée autour de Lucy depuis mon retour des Carpates et le début de sa maladie. Une famille plus soudée et plus instinctive qu'une vraie, car nous l'avions bâtie nous-mêmes, tous ensemble. Or, depuis « la mort » de Lucy, nous ne nous voyons plus que de loin en loin. Le Dr Seward semble de plus en plus accaparé par ses activités, de même que Van Helsing qui lui consacre beaucoup de son temps tant qu'il est encore sur le sol britannique. Arthur, lui, prépare activement son retour au pays, bien que, s'il ne nous est pas possible de nous voir, il fasse l'effort de ne jamais laisser passer un jour sans donner de ses nouvelles. Mais je dois dire qu'il ne manque pas une occasion de venir me rendre visite chez moi à Knightbridge, même tard le soir, s'il n'a pu le faire dans la journée à l'étude. Mina a choisi de rester auprès de Mrs Westenra, qui l'a « adoptée », en a fait en quelque sorte sa seconde fille, une façon de rendre moins douloureuse, j'imagine, la perte de Lucy. Tout ce petit monde évolue, bon an, mal an, en tentant de panser ses plaies. Moi y compris.

Le 13 octobre

Encore une vision. Depuis quelque temps j'ai la sensation que le phénomène est de plus en plus fréquent, même s'il prend des formes très variables : parfois il s'agit de scènes construites, qui s'étirent dans le temps, parfois ce ne sont que de simples flashs, comme celui qui m'a « communiqué » l'adresse de Piccadilly Street. Je ne sais qu'en penser, et surtout je ne sais pas à qui m'en ouvrir. Pas à Mina, cela l'inquiéterait. Pas à Seward, il a d'autres chats à fouetter. Van Helsing pourrait, je suppose, avoir une oreille attentive et intéressée, mais bizarrement je ne ressens pas l'envie d'en faire un confident. Reste Arthur, mais ma petite « aventure » avec lui, fût-ce à son insu, me fait ressentir une certaine gêne à le prendre comme confesseur... Je sais pourtant fort bien à qui j'aimerais confier tout cela... J'ai encore rêvé de lui cette nuit. J'en ai rêvé si fort qu'il me semblait respirer son odeur, sentir ses muscles tendus contre moi tandis que je dormais. Et ce petit goût dans la bouche...

Le 14 octobre

De nouveau aujourd'hui, en pleine journée cette fois, m'est venu le flash de l'autre nuit : 138 Piccadilly Street.

N'y tenant plus, j'ai décidé d'en avoir le cœur net. Je m'y suis rendu. C'est une grande et assez belle demeure face à Green Park. Curieusement, elle est abandonnée. Ou plus exactement, il semble que, prochainement, il doive y avoir des travaux, mais pour l'instant elle est inhabitée. J'ai songé, en la voyant, à la propriété de Carfax que j'ai moi-même vendue au comte. Mais pourquoi donc cette adresse ? Pourquoi cette maison ?

Autre impression bizarre ; j'ai eu le sentiment, au moment où je quittais ma position d'observation devant le 138, d'être moi-même observé, puis d'avoir été suivi jusqu'à Leicester Square, sans toutefois être parvenu à découvrir par qui.

Le 15 octobre

Cette nuit encore, un nouveau rêve, une nouvelle vision, et de nouveau la « présence » de Renfield, que je n'ai pourtant aperçu, en réalité, qu'une seule fois, à l'hôpital, en rendant un jour visite à Jack Seward. Ce pourrait-il qu'en cette seule occasion il m'ait marqué au point de me poursuive jusque dans mes rêves ? Dans celui de cette nuit, en tout cas, il était toujours dans sa cellule. Je ne sais comment, mais j'y pénétrais en une fraction de seconde, lui se levait et venait au-devant de moi en me disant :

— Tu es mon maître, je suis à toi. Ne me fais plus attendre !

Puis, aussitôt, il se dévêtit entièrement, s'accrocha aux barreaux de la porte de sa cellule, et là, debout, s'offrit à moi. Mais pas vraiment « à moi », car je compris soudain, dans mon rêve, que JE n'étais pas MOI, dans sa cellule, mais que JE était le comte Dracula, comme lors de ma première vision, quand JE était à la fois dans la chambre du couvent de sœur Agathe et à bord du Demeter ! Car j'étais bel et bien de nouveau en contact direct avec le comte. Je voyais tout ce qu'il voyait, j'entendais tout ce qu'il entendait, et pire encore, je lisais dans son esprit tout ce que Renfield pensait !… Tout ce qu'il avait emmagasiné sur l'hôpital depuis qu'il y était interné !

Le comte prit Renfield par les hanches, celui-ci gémit, un petit gémissement de douleur, rapidement suivi d'un autre, plus profond, plus « jouissif ». Le comte lui donna vite ce qu'il attendait, et tous deux se rejoignirent dans le même spasme de plaisir.

— Sors-moi d'ici, je t'en supplie ! murmura-t-il au comte qui déposait un baiser sur sa nuque.

— Pas encore, répondit-il, j'ai encore besoin de toi ici. J'ai besoin que tu continues à écouter, à observer. Mais bientôt, je te le promets !

— Si tu le dis, alors je te crois ! se résigna Renfield, soumis.

Le ton de sa voix, si calme, si posé, à la fois mélodieux et apaisant, m'étonna d'autant plus que je me rappelais la description de ses anciennes crises de fureur racontées par Seward.

Lorsque je me réveillai, je me rendis compte que mon ventre était trempé ; je m'étais souillé, seul, durant mon sommeil !

Le 17 octobre

Autre motif d'inquiétude : en fin d'après-midi, après mon travail à l'étude, je suis passé chez Mrs Westenra pour voir Mina. Mais elle n'était pas là. Ainsi, elle avait oublié notre rendez-vous ! J'en fus d'autant plus étonné que non seulement ce genre de négligence n'était pas dans ses habitudes, mais que c'était la deuxième fois en très peu de temps que cela se produisait. À l'évidence, il y avait anguille sous roche. M'aurait-elle trouvé un remplaçant ?

Évidemment, dans ces cas-là, l'esprit s'emballe à la vitesse de l'éclair, et j'échafaudai les pires hypothèses, les plus abracadabrantes — la plus plausible étant que Mina était tombée (comme je la comprenais !) sous le charme d'Arthur. Il se retrouvait seul. Ils étaient les deux personnes les plus proches de Lucy. Cela crée des liens, des complicités. Cette idée me fit un peu mal, mais je me dis qu'elle aurait pu tomber plus mal et je me pris même... à l'envier, à l'imaginer dans ses bras... Mais je divaguai ; rien ne me permettait, du moins pour l'instant, de tirer pareilles conclusions.

Je voulus cependant en avoir le cœur net et décidai de surveiller Mina, bien que la chose pût paraître non seulement incongrue, mais surtout fort indélicate.

Le 20 octobre, 23 heures

Stupéfiante découverte ! Voilà trois jours que j'avais pris Mina en filature, intrigué par ses sorties impromptues. Les deux jours précédents, rien de particulier ne mérita d'être signalé. Elle vaquait à ses occupations familières, fit quelques courses pour Mrs Westenra et eut même la coquetterie de se rendre chez le coiffeur. Mais aujourd'hui, ce que j'attendais se produisit.

Je m'étais (habilement) laissé inviter à déjeuner par Mrs Westenra. Nous avions partagé tous les trois avec Mina un délicieux ragoût aux herbes. Nous en arrivions au café lorsque, soudain, Mina parut absorbée par je ne sais quel problème, semblant subitement « décrocher de la réalité », et s'arrangea pour précipiter le service de façon à expédier cette fin de déjeuner le plus vite possible. Je fis semblant de ne pas m'en rendre compte et, dès que Mrs Westenra demanda qu'on l'excuse, à l'heure de sa sieste (à bientôt soixante ans, la chose se comprend aisément), je fis mine de me rendre à l'étude mais attendis, caché de l'autre côté de la rue, que Mina sorte, comme j'étais persuadé qu'elle allait le faire. Cela ne manqua pas de se produire : à peine dix minutes après mon départ simulé, je la vis sortir de la maison, portant une délicate ombrelle en dentelles afin de se protéger des rayons d'un soleil encore bien ardent pour la saison. Elle prit la direction de Marble Arch et, de là, descendit vers Piccadilly Street par Park Lane. Je la suivis à distance respectable. À mon plus grand étonnement, je la vis prendre Piccadilly Street pour s'arrêter… *devant le 138 !* Que fallait-il en déduire ? Je la vis monter les escaliers du perron, frapper à la porte, essayer d'entrer, mais en vain. Comme j'avais dû le faire moi-même, elle renonça et s'apprêtait à repartir lorsqu'en se retournant elle manqua défaillir de se retrouver face à moi.

Je crus qu'elle allait s'effondrer, terrassée par la surprise. Une fraction de seconde, j'imaginai qu'en effet j'avais devant moi une femme adultère prise en flagrant délit; à une nuance près: il n'y avait pas d'adultère puisque nous n'étions pas mariés. Néanmoins cette hypothèse me laissait une impression désagréable. La pâleur de son visage s'estompa, puis elle reprit possession d'elle-même et trouva même la force de me dire son étonnement que je sois là moi aussi!

Je la pris par le bras et l'entraînai dans Green Park où je lui proposai d'aller nous asseoir sous les arbres. Elle accepta de bonne grâce, presque heureuse de ma suggestion. Contrairement à ce que j'avais craint, elle se montrait finalement contente de ma présence, presque rassurée.

Une fois installés, nous commençâmes à discuter. Je lui expliquai la véritable raison de ma présence, mon étonnement et mon inquiétude à la suite de ses récentes absences, si inhabituelles, à nos rendez-vous, et ce qu'elle m'avoua me laissa pantois. Comme moi, elle avait reçu mentalement un message laconique lui indiquant simplement cette adresse: 138 Piccadilly Street. Rien d'autre. Pourtant, à l'entendre, elle en était convaincue, c'était Lucy qui avait communiqué avec elle par la pensée. La chose me parut improbable et pour tout dire, impossible, car Lucy, assommée par toutes les drogues qu'on lui faisait prendre, était totalement hors d'état de se livrer à un tel exercice! Pourtant Mina en était certaine; ce ne pouvait être que Lucy. J'hésitai un instant à lui avouer que, moi aussi, j'avais reçu « un message » car je craignais qu'elle voulût en savoir davantage, et je ne souhaitais pas, ces temps-ci, lui en dire trop sur ma vie intime. Pourtant, j'avais là une occasion rêvée de renouer des liens de confiance avec elle, et ce mystère à partager était une chance inespérée d'y parvenir. Je lui avouai finalement que, moi aussi, j'avais été « appelé » à cette même adresse, sans comprendre ni l'origine ni la raison de cet « appel ». Curieusement, elle en parut rassurée. Peut-être, au fond d'elle-même, avait-elle aussi pensé que cette histoire incroyable nous rapprocherait. Elle me serra fortement la main, et je vis passer dans ses yeux des oiseaux de félicité. Je retrouvai ma Mina, celle d'avant mon départ pour la Transylvanie, celle de toujours, celle que je craignais tant d'avoir perdue.

Quel était donc le mystère de cette maison ? Mina avait déjà reçu trois de ces messages qu'elle croyait émis par Lucy. Par deux fois déjà, elle était venue à cette adresse, sans rien y trouver puisque la porte était toujours restée fermée. Je décidai d'y retourner et de m'y introduire coûte que coûte, dussé-je commettre une infraction. Mina s'effraya et me fit jurer de ne pas m'y aventurer seul. Ma première idée fut de demander son concours au Dr Seward, mais Mina suggéra que si le plus minime danger existait, il valait mieux le courir avec quelqu'un dont la corpulence en imposait. L'évidence nous fit choisir Arthur. Je lui promis de lui en parler le soir même. Ce que je fis, et nous décidâmes aussitôt, lui et moi, de nous introduire à Piccadilly Street la nuit suivante.

Même nuit, 6 heures du matin

Nouvelle vision. Étrange. Renfield. Toujours lui. Les yeux pleins de larmes, murmurant des mots muets que ses lèvres articulent sans qu'aucun son ne parvienne à les franchir. Il est seul dans sa cellule, il semble désespéré… Et puis soudain une clef tourne dans la serrure de sa cellule. Il lève la tête, écarquille les yeux, semble reconnaître quelqu'un. Et la vision se brouille… se teinte de rouge, d'un rouge bouillonnant, comme du sang.

Même jour, 7 heures du matin

Ce matin au réveil j'ai éprouvé une sorte d'étouffement, d'angoisse qui me sembla liée à mon rêve, à mon cauchemar.

Je décidai d'aller rendre visite à Renfield dans sa cellule. Ma démarche allait sans doute surprendre le Dr Seward, mais peu importait. Je ne lui avais jamais rien demandé, il accepterait sans doute, pour une fois, de m'accorder cette faveur.

Même jour, midi

Je suis allé rendre visite à Renfield… Trop tard. Il était mort dans la nuit. Il a été retrouvé, au petit matin, pendu dans sa cellule. Le Dr Seward a paru très étonné de ma demande. Je lui parlai de mon cauchemar et il me donna une prescription pour dormir mieux, mettant tout cela sur le compte de l'énervement et de la fatigue de ces dernières semaines. Pourtant j'insistai, même mort, je voulais voir Renfield, et je crus bien ne pas pouvoir y arriver. Jack essaya de m'en dissuader en invoquant mille raisons, encouragé par Van Helsing qui voyait dans cette mort l'illustration de sa théorie : Renfield n'avait jamais été sur le chemin de la guérison.

Jack consentit à me laisser voir son cadavre ; il m'accompagna à la morgue de l'hôpital et souleva lui-même le drap qui recouvrait le corps, mais si rapidement que je ne fus pas certain (je ne l'avais aperçu qu'une seule fois) de l'avoir reconnu. Une chose m'intrigua pourtant : Seward m'avait dit que Renfield s'était pendu, or, à l'emplacement de la tête du cadavre, le drap portait une énorme tache de sang. Pourquoi ?

Je rentrai à l'étude perplexe et éprouvai quelque difficulté à me mettre au travail.

Le 22 octobre, 3 heures du matin

Cette nuit, Arthur et moi sommes allés au 138 Piccadilly Street.

Avec un passe, nous sommes parvenus à entrer dans la demeure. Celle-ci est vaste, avec de grandes pièces en cours d'aménagement. Un détail nous a immédiatement surpris : tous les miroirs ont été recouverts d'une étoffe, comme pour empêcher quiconque de se mirer dedans. Nous avons inspecté tous les étages, sans rien trouver de particulier. Nous sommes rentrés bredouilles.

Arthur est venu dormir à la maison, il dort dans la pièce d'à côté…

Même nuit, une heure plus tard

Je me suis assoupi. J'ai rêvé. Dracula était là, devant moi dans la chambre, et me demandait de lui offrir… Arthur ! Dans mon rêve, je le conduisais jusqu'à lui et nous le trouvions endormi, nu, sous un drap replié à mi-poitrine. Comme le comte l'avait fait avec moi lors de ma première nuit au château, je pris le drap, le soulevai et, progressivement, découvris le corps d'Arthur qui se dévoila dans toute sa blancheur, dans toute sa force alanguie. Dracula le contemplait, admiratif, puis il se pencha pour le respirer comme une fleur géante. Il passa sa langue avec application sur sa longue tige au repos et, peu à peu, lui redonna de la vigueur, bien qu'Arthur continuât toujours à dormir. (Après tout ce n'était qu'un rêve.) La lourde colonne s'éveilla, durcit, s'allongea, tendue presque à la verticale, et Dracula n'eut plus qu'à en récolter la sève, odorante, translucide et tiède.

Lorsque je me réveillai, j'eus le sentiment, cette fois, d'avoir « réellement rêvé », car à la différence de mes autres rêves-visions, celui-ci me parut avoir eu moins d'intensité. Pourtant, je voulus en être certain. Je me levai et allai voir dans la chambre où se trouvait Arthur s'il était seul.

J'ouvris la porte tout doucement et l'aperçus, nu, à plat ventre sur son lit, plongé dans un profond sommeil. Je regagnai ma chambre presque « rassuré ».

Cependant, alors que je m'apprêtai à me rendormir, j'eus soudain une « véritable vision », un nouveau message qui m'indiquait encore cette adresse du 138 Piccadilly Street. J'en fus troublé, toujours plus intrigué par sa signification et par son origine. Était-ce Lucy, comme le croyait Mina, qui s'adressait à moi ? Nous n'avions jamais été intimes au point qu'elle pût ressentir le besoin (si tant est qu'elle en fût capable !) de communiquer avec moi de cette façon. Néanmoins, il était intéressant de savoir si Mina, elle aussi, avait reçu le même message. La première chose à faire ce matin était donc de me précipiter chez Mrs Westenra et d'interroger Mina.

Même jour, midi

Au réveil, je trouvai Arthur en train de préparer du thé, avant même que ma gouvernante ne soit arrivée. Je lui parlai du message (et passai évidemment sous silence le rêve de la nuit). Il me suggéra, si Mina l'avait également de nouveau reçu, de retourner ensemble au 138 Piccadilly Street. J'en acceptai l'idée. Une heure plus tard j'étais auprès de Mina, mais hélas, l'hypothèse que Lucy soit à l'origine du message de cette nuit était une fausse piste. Mina n'avait reçu aucun signe, ni fait de rêve particulier. Je la quittai pour regagner l'étude où je suis actuellement. J'ai de moins en moins de goût au travail, je suis de plus en plus captivé, monopolisé, par tous ces mystères.

Le 23 octobre

Pas de nouveau message cette nuit. Un fait cependant, anodin certes, au moins en apparence, mais que je préfère noter : Emma, la gouvernante de feu Mr Hawkins (par décision testamentaire, elle séjourne encore chez lui jusqu'à ce qu'elle ait trouvé un nouvel emploi) m'a appelé à l'étude en début d'après-midi pour me signaler qu'elle avait retrouvé la lettre disparue dans l'affolement du décès, que ce pauvre Hawkins avait écrite à mon intention avant de mourir. Elle devait me l'apporter vers 16 heures aujourd'hui, mais à la fermeture de l'étude, à 18 heures, elle n'était toujours pas passée.

Une autre chose m'intrigue dont je ne parlerai à personne.

Le comte me manque. Quel poison étrange m'a-t-il instillé dans le corps et l'esprit ? Son absence me pèse chaque jour un peu plus. Je n'en suis pas heureux, mais ne puis m'en défendre, hélas : c'est un constat. J'ai le sentiment désolant « qu'il m'a abandonné ». Voilà près d'un mois que je n'ai plus reçu de « visite impromptue » de sa part ; ni de message télépathique. Rien. J'ai bien pensé me rendre à Carfax, mais que dire au comte lorsque je me retrouverai en face de lui ? Sans compter que cette démarche lui apparaîtrait bien trop significative de ce qu'il me faut bien appeler ma dépendance ; elle serait trop compromettante également, si quelqu'un venait à apprendre que je lui rends visite chez lui : qu'est-ce que Van Helsing ou Mina, par exemple, penseraient alors de moi ? Quelles déductions pourraient-ils en tirer ? Mais tout cela ne m'empêche pas de souffrir du sentiment que mon lien privilégié avec Dracula a été rompu. Est-ce volontaire de sa part ? Toutes les hypothèses sont possibles. La seule certitude que j'ai, c'est que, depuis quelque temps, un étrange malaise a pris possession de moi et que, chaque jour un peu plus, je me sens mal partout.

Le 24 octobre, midi

Je deviens fou. Je suis aussi déraisonnable qu'un gamin de 15 ans ! Cette nuit je n'arrivais pas à dormir. Je me suis tourné et retourné dans mon lit sans trouver le sommeil. Excédé, à bout de nerfs, j'ai pris, au petit matin, une décision insensée !... Je me suis rendu à la propriété du comte, à Carfax ! Il était 5 h 30 lorsque j'ai quitté Knightsbridge. Les rues étaient encore désertes, à part quelques ouvriers de la manufacture que j'ai croisés en chemin.

À 6 h 10, j'étais devant la façade de Carfax. C'est un lieu terriblement impressionnant, surtout à cette heure où la nuit n'est plus tout à fait la nuit et le jour pas encore complètement le jour. La noble demeure se dressait devant moi, dégageant une impression, non pas d'hostilité, mais de désolation, d'abandon, qui m'a grandement impressionné. C'était comme si cette maison était vivante, et qu'elle souffrait ; comme si elle essayait de me dire, de me faire comprendre quelque chose. Je sais qu'après coup cette réflexion peut paraître stupide, absurde ; mais pourtant, lorsque j'étais là-bas, c'était précisément cela qui « transpirait » de ce lieu étrange.

J'eus néanmoins le courage, ou l'inconscience, de me décider à entrer. Curieusement, la porte principale n'était pas verrouillée et a cédé dès que je tournai la poignée. Sitôt entré, une insupportable odeur de renfermé m'assaillit et, tout en faisant un effort pour m'y habituer je constatai, à mon grand étonnement, que le comte, depuis qu'il était à Londres, n'y avait entrepris aucun travaux. L'immense bâtisse demeurait vide et poussiéreuse. Certaines des vitres étaient toujours cassées, comme lors de ma première visite. Et au surplus je n'y décelai aucune trace du comte. Où vivait-il donc ? Je visitai l'une après l'autre toutes les pièces de la demeure (elle en compte dix-sept) sans trouver le moindre indice de sa présence, ni de celle de quiconque d'ailleurs. La maison n'avait jamais été réoccupée. Je poussai jusqu'aux combles et aux sous-sols où je ne découvris que… trois grandes caisses oblongues, de la taille d'un homme, qui, curieusement, étaient toutes les trois remplies de terre. Je remarquai cependant un détail en soulevant leur couvercle : sur chacune d'entre elles, un signe avait été dessiné dans la terre, une croix… dont la signification m'échappait. Sans doute un code, mais destiné à qui ? Lorsque je remontai du sous-sol, le soleil commençait à couler ses rayons par les nombreuses fenêtres. Je regardai ma montre, il était sept heures du matin. J'avais le temps de me rendre à l'étude à pied. Je quittai donc Carfax, déçu, mais en même temps comme satisfait d'avoir cédé à mon envie. Même si je n'étais pas plus avancé puisque le comte Dracula demeurait introuvable…

C'est vers 10 heures ce matin qu'on est venu m'annoncer la terrible nouvelle à l'étude. Emma, la gouvernante de Hawkins que j'avais attendue en vain hier après-midi... a été retrouvée morte, tôt ce matin, dans une ruelle de Whitechapel. Qu'allait-elle faire en un pareil endroit ? Toute la question est là, mais une certitude demeure, elle a été assassinée de la plus horrible des façons : « éviscérée » comme aux plus beaux jours (si je puis employer cette expression en de telles circonstances !) de l'affaire Jack l'Éventreur !... C'est à peine croyable, mais les indices sont exactement les mêmes qu'il y a huit ans ! Comme si le fantôme de l'Éventreur s'était soudain réveillé d'une longue période de sommeil et qu'il avait de nouveau décidé de frapper. La nouvelle de cet assassinat s'est bien sûr répandue dans Londres comme une traînée de poudre. Sommes-nous à la veille d'une psychose comme celle de 1888 ? Les autorités feront sans doute tout ce qui est en leur pouvoir pour donner le minimum de retentissement à cette affaire, mais les similitudes sont trop troublantes pour que le rapprochement ne s'impose pas à tous. J'ai eu Van Helsing au téléphone ; pour lui, l'auteur de ce crime ne fait aucun doute : il s'agit de Dracula. J'avoue que cette idée me terrifie. Et s'il avait raison ? Peut-être était-ce là la raison de son silence ? Peut-être avait-il besoin de se cacher pour se préparer à commettre un tel acte ? Mais non, je ne puis y croire, le comte n'est pas un vulgaire assassin. Quant au mobile, quelle raison valable aurait-il de vouloir se débarrasser d'une domestique sans importance ? À moins que... la cause du meurtre abominable de cette pauvre Emma ne soit la lettre qu'elle devait m'apporter, une lettre de Mr Hawkins... que pouvait-elle bien contenir ? Et si c'était la confession de son auteur ? Hawkins m'avait mis au courant du chantage exercé sur lui par le comte… or, quelques jours à peine après sa confession, le pauvre homme était retrouvé mort… peut-être ne m'avait-il pas encore tout dit ? Et pour finir, voilà qu'Emma, porteuse d'un message post-mortem de Hawkins, est assassinée avant d'avoir pu me le remettre ! Dracula, malgré tout son charme, ne serait-il finalement qu'un monstrueux manipulateur ? Et moi, comme un aveugle imbécile, je me serais laissé prendre à ses misérables et vénéneux plans de séduction ?! Ainsi aurais-je manqué à tous mes devoirs à cause de lui, j'aurais sombré dans le stupre, dans la luxure, dans la trahison, et tout cela pour qui et pourquoi ? Mon Dieu, je suis anéanti une fois de plus par l'abîme que je vois s'entrouvrir sous mes pieds. Je suis aussi misérable que lui…

Le 26 octobre, 21 heures

Depuis deux jours, je tremble pour Mina. J'ai peur qu'elle ne soit en danger. L'affreux crime perpétré sur Emma a bouleversé tout le monde, mais je suis d'autant plus inquiet que Mina « reçoit » de nouveau ces mystérieux messages mentaux qui l'ont encore réveillée à deux reprises la nuit dernière. Et chaque fois, c'était cette satanée adresse du 138 Piccadilly Street qui revenait dans son rêve, ou sa vision — je ne sais quel nom donner à cet étrange phénomène. Mina aussi s'inquiète de plus en plus. Elle n'ose plus s'endormir de peur de recevoir un autre message, elle s'angoisse de n'en pas comprendre la signification. Parfois, elle s'obstine à penser que c'est Lucy qui tente de communiquer avec elle, parfois, elle se résout à reconnaître que c'est bien peu probable ; mais l'Inconnu est encore plus inquiétant pour elle.

J'ai demandé à Jack Seward de venir lui rendre visite aujourd'hui. Il est passé en fin d'après-midi. Il a semblé fort surpris par cette histoire de « messages » ; Mina passant auprès de tout le monde pour une personne équilibrée, raisonnable et solide, la chose apparaît d'autant plus étonnante. Jack lui a administré un sédatif pour la nuit afin de lui éviter les cauchemars, et surtout la crainte de leur perspective. Au moins cette nuit dormira-t-elle paisiblement. Ce soir, je ne rentre pas à Knightsbridge, Mrs Westenra a voulu me garder et m'a fait préparer une chambre. J'avoue que j'en suis heureux, et je serai plus tranquille de savoir Mina tout à côté.

Le 26 octobre, minuit

Cette fois c'est moi ! J'ai été réveillé il y a deux minutes à peine par un étrange cauchemar… J'étais dans les sous-sols de Carfax… Je soulevai le couvercle de l'une de ces grandes caisses remplies de terre… était-ce moi ou quelqu'un d'autre ? toujours est-il qu'une main dessinait dans la terre… elle traçait des lettres avec l'auriculaire… et je voyais de nouveau se former la même adresse : 138 Piccadilly Street ! Je me suis réveillé en nage. Je n'en parlerai pas à Mina bien sûr, mais je ne sais plus que penser. Peut-être devrais-je retourner sur les lieux et fouiller de nouveau. Arthur acceptera-t-il de se joindre une nouvelle fois à cette expédition ?

Le 27 octobre, 11 heures du matin

J'ai vu Arthur dans la matinée. Je lui ai parlé de ces nouveaux messages. Il est d'accord. Nous avons pris rendez-vous pour ce soir. Notre plan est simple : pour ne pas donner l'éveil et ne pas inquiéter Mina, nous dînerons chez Mrs Westenra, puis, comme d'habitude, nous prendrons congé vers dix heures comme si nous rentrions chacun chez soi, mais nous nous rendrons à Piccadilly Street.

Même jour, 12 heures

Mrs Westenra m'a fait porter un message. Mina a eu un malaise.

Je cours la rejoindre.

Même jour, 16 heures

Mina m'a parue très pâle. Elle n'a pas voulu se lever ce matin, se plaignant de fatigue et de maux de tête. Comble de malchance, le Dr Seward n'a pas été joignable de toute la journée. Nous avons dû, avec Mrs Westenra et une domestique, nous occuper d'elle. Nous l'avons levée, fait marcher car elle ressentait des fourmillements désagréables dans les jambes, et nous l'avons fait manger un peu. Elle souffrait aussi de palpitations. J'ai craint que le sédatif qu'elle avait absorbé la veille ne soit trop fort, ou que par erreur elle n'en ait avalé une dose trop importante. Elle m'a certifié que non.

Même jour, minuit

Arthur et moi nous sommes rendus au 138 Piccadilly Street.

Plusieurs surprises nous y attendaient. À l'intérieur, les travaux sont achevés. C'est devenu un élégant hôtel particulier, richement meublé. À ce qui me semble, et Arthur est de mon avis, cela évoque un endroit aménagé par un riche protecteur pour une « cocotte », actrice ou demi-mondaine. Rien d'extraordinaire en somme : Londres regorge de maisons de rendez-vous et d'appartements cossus qui, derrière d'austères façades, cachent des amours illégitimes et des femmes entretenues. On pourrait presque dire que derrière chaque fidèle sujet de notre très Gracieuse Majesté se dissimule soit un protecteur discret, soit une épouse adultère, dont le talent commun consiste à donner le change en public. C'est une sorte de « jeu de société » connu de tous, mais que chacun feint d'ignorer afin de perpétuer les règles établies !

L'exploration de la demeure ne semblait rien nous réserver de plus bouleversant, nous permettant même d'admirer au passage quelques toiles préraphaélites, des Burne-Jones, des Millais, un superbe Rossetti, lorsqu'Arthur remarqua par terre un objet, insignifiant en apparence, mais qui le fit instantanément blêmir. Il s'agissait d'un petit ruban incrusté de pierreries ; en fait, un bijou qui appartenait à... Lucy, depuis qu'Arthur le lui avait offert ! Un mystère de plus ! Comment diable était-il arrivé ici puisque, comme nous venions de le vérifier, la demeure était vide ? et Lucy, si elle était jamais venue en ces lieux, ne s'y trouvait plus ; c'était la seule certitude que nous pouvions avoir ! Je raccompagnai Arthur à Knightsbridge ; il était bouleversé et nous étions tous les deux plus désorientés que jamais. Devant son état d'anxiété, je lui proposai de passer la nuit à la maison, ce qu'il accepta sans manières.

Le 28 octobre, 11 heures

Arthur vient de passer à l'étude, il était dans un état indescriptible.

Certes il n'a pas dormi de la nuit, et moi fort peu d'ailleurs, mais c'est surtout cette histoire de bijou qui l'a complètement tourneboulé. Nous avons essayé de passer en revue toutes les explications possibles. Lucy avait-elle pu se rendre dans cette maison avant son internement ? Mais, dans ce cas, pourquoi n'avions-nous pas trouvé cet objet lors de notre première visite ? Et si elle était venue depuis... comment avait-elle pu quitter l'hôpital alors que, au surplus, ses bijoux étaient restés chez Mrs Westenra ? Et puis que serait-elle venue faire dans cette maison déserte ? Et comment, d'ailleurs, aurait-elle pu se déplacer ainsi, d'un endroit à l'autre dans l'état où elle est, et sans que personne ne s'en aperçoive!? À moins que Jack ne soit complice? Mais comment prendre en considération une chose aussi inconcevable! Arthur me recommanda de me méfier de tout le monde tant que nous n'aurions ni certitude ni preuve. Puis nous nous sommes donné rendez-vous en fin d'après-midi à Green Park, Arthur ayant décidé de monter discrètement la garde devant l'immeuble afin d'essayer d'en apprendre davantage.

Même jour, 23 h 30

J'ai retrouvé Arthur comme prévu à 19 heures. Il avait surveillé l'immeuble toute l'après-midi sans remarquer le moindre mouvement suspect. Aucune visite, aucune sortie. Personne ne s'est manifesté au 138 Piccadilly Street. Pour le distraire un peu et atténuer sa fatigue, j'ai voulu le convier à dîner chez Mrs Westenra, où je devais passer voir Mina, mais il a refusé, préférant continuer à monter la garde au cas où. Je le laissai en lui promettant de repasser aussitôt le repas terminé.

Je trouvai Mina bien fatiguée. Le Dr Seward était passé la voir dans l'après-midi et avait renouvelé sa prescription. Elle somnolait, et finalement n'eut même pas la force de se lever pour dîner avec Mrs Westenra et moi. Je quittai la maison assez tôt, faisant promettre à la mère de Lucy de m'avertir si quoi que ce soit se produisait, et quelle que fût l'heure.

Je retrouvai Arthur à son poste d'observation, mais rien n'était survenu au 138, qui demeurait silencieux et plongé dans les ténèbres. Arthur voulait poursuivre sa surveillance toute la nuit. J'insistai pour le relever à minuit; il accepta. Il est bientôt l'heure, je vais le rejoindre. Aura-t-il du nouveau à m'apprendre?

Le 29 octobre, 3 heures du matin

C'est inconcevable; Arthur a disparu! Je me suis rendu, comme prévu, à notre rendez-vous; mais en vain. J'ai cherché dans les alentours, je suis même allé vérifier si la porte du 138 était ouverte, mais elle était fermée. Or, c'est Arthur qui possède le passe avec lequel nous sommes entrés les deux fois précédentes. Je n'ai pas voulu pénétrer par effraction, pour ne pas laisser d'indices de mon passage. J'ai attendu Arthur jusqu'à deux heures du matin, mais il s'est volatilisé. Pensant que nous nous étions peut-être mal compris et qu'il avait pu rentrer à Knightsbridge, je suis revenu à la maison, mais là encore c'est le silence; il n'y a personne. Que s'est-il passé? Que lui est-il arrivé? Aurait-il retrouvé la trace de Lucy? Je n'ose y croire. Sa disparition m'inquiète. Si demain à midi il n'est pas réapparu, je pense que, cette fois, il va me falloir faire appel à la police.

Le 30 octobre, 23 heures

Voilà une journée entière que je n'avais plus de nouvelles de ce cher Arthur. Je l'appelle ainsi car j'ai réalisé combien cet homme était fiable, valeureux, et combien, lorsqu'il donnait son amitié à quelqu'un, il pouvait se révéler « le plus cher » d'entre tous, dévoué, fidèle, entier. Je m'étais accordé un délai supplémentaire avant d'avertir la police et, justement, ce soir, alors que je m'apprêtais à me rendre à Scotland Yard, on sonna à la porte : enfin une heureuse surprise ! car c'est Arthur que je trouvai sur le pas de ma porte. Il tomba dans mes bras et m'étreignit dans les siens, puissants, comme un frère revenant de guerre, avant de me faire, un whisky bien tassé à la main, le récit de cette incroyable journée…

Récit d'Arthur Holmwood

Je montais la garde devant le 138 Piccadilly Street, hier soir en vous attendant, Jonathan, lorsque vers 23 heures, il me sembla soudain apercevoir une sorte de lueur à travers les vitres du premier étage. Cette première impression avait été tellement fugace que je crus à un effet d'optique dû à un reflet de la lune (qui était pleine hier soir) ; mais à peine quelques minutes plus tard, de nouveau, je remarquai de la lumière. Une faible lumière, certes, mais une lumière tout de même, j'en étais certain, semblable à la lueur d'un chandelier promené par un visiteur dont je pouvais suivre le trajet d'une fenêtre à l'autre : *il y avait donc quelqu'un dans la maison !* Je concentrai mon attention et réussis à distinguer plusieurs silhouettes… dont celle d'une femme ! Mon cœur se serra à cette vue, car j'imaginai aussitôt qu'il pouvait s'agir de Lucy. J'avais le choix entre deux tactiques : rester à mon poste d'observation sans risquer de me faire repérer, ou bien tenter le tout pour le tout et m'introduire dans la maison afin de voir de plus près ce qui s'y passait. Je jugeai cette dernière idée dangereuse et me dis qu'elle risquait de compromettre la suite. Je résolus donc de miser sur la patience et attendis, tapi dans un recoin sombre. Un détail très étrange me frappa, car il ne cadrait pas dans cette scène. J'avais le souvenir de l'ameublement de cette demeure qui était sans doute destinée à recevoir une femme du monde, comme nous nous en étions fait la réflexion. J'imaginais la maîtresse des lieux papillonnant, dans ce décor conçu pour les réceptions fastueuses, pour les « parties » dont raffole le tout Londres. Une femme active, gaie, pleine de vie… or, ce que le jeu d'ombres me laissait deviner évoquait tout autre chose et, pour tout dire, provoquait en moi une sorte de malaise ; car l'un des deux hommes dont j'apercevais la silhouette portait dans ses bras un corps de femme qui semblait… inanimé ! À moins que ce ne fût un mannequin ? Comme je regrettais votre absence ; j'aurais sans doute fait preuve de plus d'audace si vous aviez été près de moi, Jonathan ! Néanmoins, je restai attentif au moindre détail. Il me sembla à un moment que l'étrange couple dansait, du moins je vis très nettement la silhouette d'un homme tournoyant avec ce corps de femme dans les bras. Une autre ombre traversa la pièce rapidement. Un autre homme, j'en suis sûr, sembla attirer le premier loin de la fenêtre et tira vigoureusement les rideaux, me privant désormais de la vue. À la distance où je me trouvais, je n'avais pu malheureusement distinguer son visage. J'ai veillé toute la nuit, espérant de nouveau entrevoir quelque chose, mais en vain. Au matin, je pensais que l'un au moins des acteurs de cette étrange scène nocturne sortirait, mais n'obtins pas davantage de résultat. Personne n'est entré ni sorti du 138 !

Vers midi, prêt à jouer mon va-tout, je décidai d'utiliser mon passe sans chercher à me cacher, ce qui était la meilleure façon de ne pas attirer l'attention sur moi. Un bobby, à quelques pas de là, m'a vu entrer, mais sans me prêter aucune attention. Sa présence, paradoxalement, me rassura, car je me dis que si je rencontrai un problème, je pourrais toujours faire appel à lui. Mais, à mon grand étonnement, je trouvai la demeure complètement vide, sans aucune âme qui vive à l'intérieur. Pourtant, j'en étais certain, personne n'avait pu en sortir ! Où étaient donc passées les trois ombres de la veille ? Avais-je affaire à des fantômes ? Au point où j'en étais, je me dis qu'il fallait que je cherche jusqu'à ce que je trouve un indice, même le plus infime. Mon idée fut que, s'il y avait quelque chose à découvrir, ce ne serait pas dans les pièces les mieux installées, mais dans un recoin inaccessible, dans les combles ou à la cave.

Mon idée se révéla juste. Après m'être perdu dans les greniers où je ne trouvai rien d'intéressant, je découvris un escalier qui conduisait aux cuisines qui, elles, n'avaient pas été remises en état ; en revanche, j'y aperçus, presque par hasard, un passage que je suivis et qui s'enfonçait loin dans les sous-sols. J'empruntai une sorte de souterrain, qui me paraissait ne plus finir quand, soudain, je me retrouvai bloqué par une grille impossible à franchir. J'essayai de la forcer, de l'enfoncer, mais rien n'y fit. Je fus contraint de rebrousser chemin, et je mesure encore ma chance de ne pas m'être perdu dans le labyrinthe des couloirs que j'ai emprunté... C'est alors que, je crois, j'ai ressenti la plus grande frayeur de ma toute vie!... Tandis que je m'apprêtais à remonter les escaliers qui relient le souterrain aux cuisines du 138 Piccadilly Street, j'entendis un rugissement épouvantable qui me glaça le sang ; j'en ai encore des sueurs froides à l'instant où je vous parle ! Je ne saurais dire ce que c'était, un homme ou une bête ? C'était à la fois un cri de rage et de désespoir dans lequel il me sembla percevoir un tel sentiment de haine que je crois bien n'avoir jamais rien entendu d'équivalent. Étais-je dans le ventre de l'enfer ? Malgré la honte qui m'étreint à présent, je suis obligé de le confesser : ma seule réaction fut de prendre mes jambes à mon cou et de remonter les escaliers quatre à quatre, jusqu'à ce que je me sente à l'abri dans la maison déserte, quoi que ce soit qui m'ait attendu à l'étage ! Là, je me suis caché et j'ai attendu jusqu'à ce soir où, à 22 heures, n'ayant toujours revu personne se manifester, je désertai la demeure pour courir jusqu'ici !

Le 31 octobre, 0 h 30

Je suis sidéré par ce qu'Arthur m'a rapporté. Le pauvre garçon tombait de fatigue et de sommeil. Il dort actuellement à poings fermés. Nous verrons lorsqu'il sera réveillé quelle est la meilleure tactique à adopter pour la suite. Il est évident que nous ne pouvons plus en rester là, nous devons éclaircir le mystère du 138 Piccadilly Street. La seule question que nous avons à trancher est la suivante : devons-nous faire appel à la police ou nous débrouiller seuls ?

Le 31 octobre, 8 heures du matin

Arthur continue de dormir. Je n'ai cessé de penser toute la nuit au récit qu'il m'a fait de son équipée à Piccadilly Street. Il me semble m'enfoncer de nouveau dans un cauchemar, les événements se brouillent, deviennent d'une opacité inquiétante. Qu'allons-nous découvrir si nous retournons dans cette étrange demeure ?

J'ai décidé aujourd'hui de ne pas me rendre à l'étude. Je n'ai pas l'esprit au travail, je sais que je ne serais d'aucune utilité là-bas, mes pensées sont rendues bien trop confuses par cette histoire insensée. De plus, la santé de Mina m'inquiète. Je dois aller la voir ce matin, et si Arthur est toujours décidé, nous irons « prospecter l'antre de l'enfer » comme il l'a surnommé !

Même jour, vers midi

Les dieux sont contre nous ! Tout semble se conjuguer pour entretenir un climat nauséeux, fait d'inquiétude et d'incertitude. Lorsque je suis arrivé chez Mrs Westenra, j'ai eu la mauvaise surprise d'y découvrir une Mina méconnaissable, épuisée. Elle avait la tête « d'une morte »! Elle était d'une pâleur à faire peur. Elle ne cessait de s'évanouir et disait avoir des douleurs à la cage thoracique. J'ai voulu appeler Jack Seward à l'hôpital, mais impossible de le joindre. Mrs Westenra a alors envoyé de toute urgence Mary, sa femme de chambre, à l'autre bout de la ville pour chercher le Dr Allwright, qui était le médecin traitant des Westenra avant que Seward n'entre, en quelque sorte, (je devrais dire n'ait failli entrer!) « dans la famille ». Grâce au ciel, le Dr Allwright a pu se libérer aussitôt et, après avoir examiné Mina, il nous a livré son diagnostic... plus que stupéfiant: au vu de ses symptômes, ma pauvre Mina était, selon lui, victime d'un empoisonnement à la digitaline!... Heureusement, il était encore temps de lui faire éliminer ce poison, et ces jours ne sont plus en danger. Mais comment pareille chose a-t-elle pu se produire? voilà encore un mystère de plus!

Même jour, 19 heures

J'ai passé toute l'après-midi au chevet de Mina. Je l'ai laissée aux environs de 18 heures aux bons soins de Mrs Westenra et de ses domestiques. Je me sens un peu plus rassuré car le Dr Allwright s'est montré optimiste. Mina dormait paisiblement lorsque je suis parti. Le Dr Allwright pense à une erreur de diagnostic du Dr Seward. Bien que très étonnante, celle-ci pourrait s'expliquer par le surmenage de ce pauvre Jack, qui a été tellement éprouvé par la maladie de Lucy.

De retour à Knightsbridge, j'ai trouvé Arthur très remonté et nettement plus en forme que la veille. Il avait passé une bonne nuit, s'était copieusement restauré au réveil et était plus que jamais déterminé à éclaircir le mystère du 138 Piccadilly Street. Quant à l'éventualité de faire appel à la police, nous avons préféré y surseoir. Nous aurons toujours le temps d'y songer si les choses se compliquent. Pour l'instant nous ne savons rien, nous nageons dans les suppositions, mais nous n'avons rien pour les étayer. Peut-être d'ailleurs n'y a-t-il rien à découvrir ? Néanmoins, nous partons d'une minute à l'autre…

TROISIÈME PARTIE

Le 6 novembre

Tout est fini. L'histoire est achevée. Personne ne peut imaginer l'horreur de ce que notre ultime visite à Piccadilly Street nous a révélé. Le mieux est, une fois de plus, de reprendre la chronologie précise des événements qui se sont précipités depuis cette fameuse nuit du 31 octobre au 1er novembre, cette horrible « nuit de Walpurgis », comme l'appellent les Allemands où, paraît-il, les pires esprits de la création sont lâchés dans le monde. Hélas, nous avons été aux prises avec bien pire que des esprits, avec des êtres humains plus sanguinaires et plus féroces que la pire des divinités infernales !

Mais procédons par ordre…

Le 31 octobre

Nous sommes arrivés, Arthur et moi, devant la façade de l'immeuble en début de soirée. Le 138 était plongé dans les ténèbres et le silence, ce qui nous a encouragés à y entrer sans tarder et à nous rendre directement dans les sous-sols, afin d'explorer ce fameux souterrain où Arthur était resté bloqué par une grille, bien décidés cette fois à tout faire pour aller au-delà et percer le mystère de cette demeure jusqu'au bout !

Arthur, qui avait déjà repéré les lieux, passa devant moi et me guida jusqu'aux cuisines puis, de là, nous empruntâmes l'escalier conduisant au souterrain. Il s'agit d'une sorte de tunnel dont le sol est recouvert d'une eau croupissante. À notre approche, nous entendîmes des petits cris de rats affolés qui fuyaient devant nous. Puis nous aperçûmes, à la lumière de nos torches, une cinquantaine de mètres devant nous, la fameuse grille. C'est alors qu'un phénomène étrange se produisit. Il me sembla tout à coup entendre prononcer mon nom si fort que ma tête me fit mal — une sensation de souffrance si intense qu'elle me paralysa. Une voix « mentale » répétait mon nom comme on crie « au secours »... or, Arthur, lui, n'entendait rien ! Puis, tout à coup, un rugissement fut répercuté par l'écho dans tout le sous-sol. Nous tressaillîmes, et Arthur me dit qu'il s'agissait du même cri qui l'avait rempli de terreur deux jours plus tôt. Décidés à percer ce mystère, nous bifurquâmes dans un autre souterrain où s'alignaient une série de portes, visiblement d'anciennes geôles, toutes désertes. Détail sordide, dans l'une d'entre elles nous trouvâmes des restes d'un corps humain, des os de squelette, une cage thoracique et un tibia. Le gémissement reprit. Le son provenait du bout de la galerie. Le cœur battant, nous nous dirigeâmes de ce côté, et là, derrière les barreaux de la cellule nous découvrîmes... DRACULA ! Le comte était étendu sur une table de chirurgie, attaché, pieds et mains liés. Sa chemise grande ouverte sur sa poitrine nue. Une espèce de rage s'empara de moi à sa vue, comme si un crime venait d'être commis sous mes yeux. J'aurais pu voir dans cet événement une revanche sur l'homme qui s'était plusieurs fois joué de moi dans son château, mais c'était l'exact contraire que j'éprouvais : ce fut comme si j'avais personnellement souffert des tourments infligés au comte. Je réussis avec l'aide d'Arthur à faire céder le cadenas de la porte et à entrer dans la cellule. Dès que je fus près de lui, Dracula tourna la tête vers moi. Ses cheveux avaient repris leur teinte grisâtre. Il avait vieilli, son regard était comme voilé : visiblement il avait été drogué ! Pourtant, son esprit luttait et il réussit à me parler, mais sans prononcer un seul mot, juste en me regardant, par la force de sa pensée. « Aide-moi, Jonathan ! me disait-il, donne-moi ta force ! » C'était curieux que les rôles fussent ainsi renversés : ce n'était plus moi la victime, et j'aurais pu aisément me transformer en bourreau… or je n'eus qu'une idée : lui obéir, l'aider, voler à son secours.

Médusé, Arthur me regarda me pencher sur le comte et déposer sur sa bouche un baiser qui sembla le réveiller de sa torpeur. Ses yeux parurent se rallumer. Il glissa ses lèvres dans mon cou, me mordit délicieusement à la jugulaire et se mit à boire mon sang, doucement, précautionneusement. Arthur demeurait interdit, muet, figé comme une statue. Ma force sembla passer dans le corps du comte. Il réussit à briser les liens qui le retenaient immobile et se redressa. Déjà la jeunesse paraissait affluer de nouveau en lui ! Il regarda Arthur, s'assit face à lui, et je l'entendis me dire mentalement : « Offre-le moi ! » Sans protester, je fis ce qu'il réclamait ! Je passai derrière Arthur, et ainsi que le mystérieux compagnon blond du comte l'avait fait avec moi au château, je le serrai contre moi et lui intimai l'ordre de ne pas bouger. Comme un automate, Arthur se laissa faire, pétrifié sans doute par la peur et la surprise. Il semblait totalement hypnotisé. Dracula commença à lui déboutonner sa chemise, passa sa langue sur sa poitrine et mordilla ses seins. Arthur, toujours immobile, tressaillit en poussant un petit gémissement que je pris pour la marque du plaisir naissant. Le comte descendit tout doucement vers son ventre, dégrafa la ceinture et le pantalon qui glissèrent jusqu'aux chevilles d'Arthur. Dans un profond soupir de bonheur, celui-ci s'abandonna alors au comte qui s'affairait déjà sur son sexe majestueux pendant que, de l'autre côté, fasciné par sa chute de reins magnifique, je le gratifiai de profonds coups de langue ! Puis, Dracula lui fit faire volte-face et amena Arthur à s'asseoir lui-même sur lui, sur son pieu phénoménal dressé vers le ciel. Arthur, pour la première fois de sa vie, découvrait les plaisirs que j'avais moi-même ignorés jusqu'à mon récent séjour en Transylvanie. Je le vis se tortiller de plaisir sous les ruades du comte et, à l'ultime instant, il m'attira à lui pour m'embrasser à pleine bouche avec une fougue qui me surprit autant qu'elle me combla.

Quelques instants plus tard, comme sortant d'un rêve, nous étions de nouveau habillés, comme si rien ne s'était passé. Dracula, lui, avait retrouvé sa jeunesse, toute sa force et sa prestance, et c'est lui qui nous fit les épouvantables révélations sur le 138 Piccadilly Street!

Mais avant de tout nous raconter, il nous entraîna dans le souterrain et, grâce à sa force nouvelle, n'eut aucun mal à briser les lourdes chaînes qui bloquaient la grille contre laquelle Arthur avait buté lors de ses premières investigations. Une fois ce passage forcé, il nous fut facile de progresser dans les galeries (sous Londres, mais dans quelle direction? j'étais bien incapable de m'en faire une idée), si bien qu'après avoir marché environ un quart d'heure nous aboutîmes devant une volée de marches qui remontait vers la surface. Nous empruntâmes cet escalier à la suite du comte qui avançait en éclaireur d'un pas allègre et qui, parvenu au dessus, actionna une manette: un panneau de bois glissa et la lumière jaillit... Nous entrâmes dans une pièce que je reconnus instantanément; le choc fut aussi violent pour Arthur que pour moi: *nous étions dans la clinique du Dr Seward!*

Ainsi donc un passage secret reliait l'hôpital au 138 Piccadilly Street! Les choses devenaient claires, mais plus elles devenaient compréhensibles, plus je redoutais ce qu'elles allaient m'apprendre. Au cœur de quelle sombre machination Jack se tenait-il donc?

Au même instant, une voix familière s'éleva:

— Ah, enfin! Tôt ou tard, je m'attendais à cette visite!

C'était Van Helsing; il était en train de ranger des instruments de chirurgie (à ce qu'il me sembla) dans une valise de cuir. Le pot aux roses était découvert, il était de mèche avec Jack Seward; mais je ne pouvais encore imaginer jusqu'à quel point!

— J'aurais dû me débarrasser de vous tout de suite, comte Dracula, lança-t-il avec un regard de haine et de mépris, et ne pas écouter ce pauvre Jack, toujours torturé par des scrupules ou des remords inutiles. Mais tout vient à point à qui sait attendre. Après tout, les choses ne se présentent pas si mal, autant me débarrasser de vous trois en même temps ! Vous en savez trop à présent !

Il brandit un pistolet, mais Dracula à sa vue, éclata de rire.

— Vos balles ne peuvent rien contre moi, vous le savez fort bien, Van Helsing. Seriez-vous devenu stupide ? lui jeta-t-il au visage.

— Elles ne vous sont pas destinées, répondit le professeur, mais elles seront très efficaces contre ces deux messieurs ! ajouta-t-il en pointant son arme dans ma direction et celle d'Arthur. Je vous réserve beaucoup mieux, comte Dracula ! conclut-il en lui désignant le pieu et le maillet posés sur une table de dissection. Je pense que sa taille sera suffisante ! reprit-il avec un soupçon de morgue, en actionnant le chien de son pistolet.

Mais à l'instant où il s'apprêtait à tirer, Dracula jeta sur lui une fiole d'acide qui se trouvait sur une étagère, à portée de sa main.

Le liquide se répandit sur les vêtements de Van Helsing en provoquant un nuage de fumée, et le professeur se mit à hurler de douleur ; l'acide l'avait atteint au visage et commençait à lui ronger les chairs. Arthur et moi nous nous ruâmes sur lui pour le désarmer. Avec une force inhumaine, Dracula le souleva d'une seule main et le mit hors d'état de nuire. Arthur se précipita alors vers les cellules, persuadé qu'il allait y trouver Lucy. Mais en vain. L'écho de notre altercation avec Van Helsing avait semé une vive agitation parmi les pensionnaires de l'asile qui se réveillaient et commençaient à gesticuler et à hurler comme des damnés. De retour auprès de Dracula, nous assistâmes alors à une scène aussi hallucinante qu'effroyable : le comte avait empalé Van Helsing sur le pieu que celui-ci lui destinait et, tout en se vidant progressivement de son sang, à genoux devant Dracula qui lui ordonnait de nous avouer tous ses crimes, le professeur entama la plus incroyable des confessions.

La première chose qu'il nous révéla nous laissa, Arthur et moi, complètement pantois : Lucy n'avait jamais été malade comme le Dr Seward nous l'avait fait croire ! Le malheureux avait ourdi cette sinistre machination pour « s'approprier » Lucy. Il l'avait habilement droguée depuis plusieurs semaines et avait ainsi lui-même provoqué ces crises dont nous avions été le témoin ou l'acteur de façon à ce que, une fois internée, elle soit à son entière merci et que, désormais, il soit, lui, seul à pouvoir l'approcher. Seward avait ainsi décidé d'arracher Lucy au bel Arthur, de la prendre pour femme, à sa manière, et de « l'installer » dans cet hôtel particulier par lequel on accédait en empruntant le souterrain qui mettait toute allée et venue entre l'asile et le 138 Piccadilly Street à l'abri des regards. Certes Lucy était toujours droguée, dans un état second, se comportant comme une marionnette géante ; mais Seward, fou d'amour pour elle, préférait cette solution plutôt que de l'imaginer entre les bras d'un autre. Ainsi elle était « morte » pour tout le monde, sauf pour lui.

Le seul témoin de cette machination était Renfield qui, reprenant ses esprits au moment où Lucy avait été internée, avait assisté à une scène qui l'avait profondément choqué et dont il avait fait le récit à Dracula par contact télépathique...

Récit de Renfield

Maître!... Cher Comte Dracula! Puissiez-vous être auprès de moi en ce moment, car il se passe de bien curieuses choses dans cet hôpital. Dire que nous autres, pauvres malades, sommes réputés fous, alors que ceux qui sont chargés de veiller sur nous le sont mille fois davantage!

Le Dr Seward et Van Helsing ont amené une jeune femme cette après-midi. Il y avait, je crois, quelques membres de sa famille avec elle, mais les deux hommes ont rapidement fait comprendre aux autres qu'ils étaient indésirables en ce lieu, et les parents ou amis de la malheureuse s'en sont allés, abandonnant la jeune inconnue (je crois qu'elle s'appelle Lucy) aux mains de ses bourreaux.

Cette nuit, en montant sur un tabouret et en me hissant sur la pointe des pieds, j'ai assisté par l'œil-de-bœuf qui, en haut, dans un coin de ma cellule, donne sur le bureau du Dr Seward, à un spectacle qui m'a révolté, mais que pouvais-je faire? J'étais seul, impuissant, contre les deux monstres qui règnent sans partage sur cet enfer dont ils sont les seuls maîtres!

La pauvre demoiselle était étendue sur une table en fer. Elle était vêtue d'une robe de dentelles, comme une mariée... Le Dr Seward l'a déshabillée complètement avec l'aide de Van Helsing... ils l'ont caressée tous les deux, partout, minutieusement, et après que le Dr Seward, n'en pouvant plus, se fut dévêtu lui aussi, ils se sont livrés sur elle aux pires outrages. La pauvre demoiselle, muette, se laissait faire comme une poupée désarticulée. Quant au Dr Seward en qui j'avais confiance, il m'a montré, sans le savoir, une face de sa personnalité que j'avais « oubliée »... Car j'avais oublié ce que j'avais vu au début, il y a longtemps, mais en une seconde tout m'est revenu et je me suis souvenu de tout. Je sais pourquoi je suis ici. Je sais ce qu'ils ont fait tous les deux. Je sais que je suis à leur merci, et que je ne sortirai jamais si vous ne m'y aidez pas! Sauvez-moi mon Maître! Aidez-moi! Je sens que je redeviens moi-même, mais si vous ne m'aidez pas, cela ne me servira à rien, car je ne peux rien tout seul.

Récit de Jonathan (suite)

...Ainsi donc, je réalisai que, non content d'avoir agi comme un criminel avec Lucy, Seward, que j'avais toujours considéré comme un brave garçon, honnête et de confiance, avait également persécuté le pauvre Renfield et — comment en douter à présent? —, mis volontairement la vie de Mina en danger en lui prescrivant un médicament dangereux. Car désormais le doute n'était plus permis: « l'erreur de diagnostic » évoquée par le Dr Allwright n'en était pas une.

Seward avait, en son âme et conscience, prescrit un poison à Mina ! Tout devenait clair ; lorsque je lui avais parlé, en toute innocence, des énigmatiques messages concernant le 138 Piccadilly Street reçus par Mina et qui, de toute évidence, comme elle le pensait, n'avaient pu être émis que par cette pauvre Lucy, Seward s'est vu perdu et n'avait pas hésité à empoisonner Mina afin d'éliminer la seule personne qui, à l'extérieur et grâce à ses liens télépathiques avec Lucy, pouvait nous mettre sur la piste de ses crimes.

…Van Helsing avoua également être le meurtrier de Mr Hawkins, celui de sa gouvernante, cette pauvre Emma, ainsi que de Renfield, mais la confession de ces crimes nous réservait encore bien des surprises… et des plus stupéfiantes !

Confession de Van Helsing

…Oui, je l'avoue, je suis coupable ; c'est moi qui ai assassiné Hawkins : il savait beaucoup trop de choses, et bien trop compromettantes pour moi. Ainsi ai-je appris très récemment, par un délire de Renfield, qu'il était au courant depuis longtemps de mon aventure avec ce dernier. Et les détails que, sans le savoir, me fournissait le pauvre garçon, ne me laissaient pas le choix : je ne pouvais prendre le risque que le vieux, avant sa mort, veuille soulager sa conscience en racontant tout cela. Il fallait donc l'éliminer.

Quant à Renfield, je l'avais fait interner, il y a quelques années, avec la complicité du chef de clinique de l'époque, en pensant qu'enfermé pour le reste de ses jours, il ne représenterait plus aucun danger pour moi et que, de toute façon, ses éventuelles révélations seraient désormais prises pour les élucubrations d'un fou ! Mais son état s'améliorant, ces derniers temps, et Renfield retrouvant peu à peu ses facultés malgré tous les « traitements » que nous lui administrions, il risquait lui aussi de devenir dangereux… surtout avec le comte dans les parages.

Hawkins, je l'ai étouffé avec son oreiller. Ce fut assez facile, il n'avait plus guère de forces… je n'ai en somme fait que hâter sa fin ! Pour Renfield, il m'aura fallu dépenser un peu plus d'énergie : Seward l'a drogué et je l'ai assommé d'un coup de masse… La méthode est un peu violente mais très efficace.

Enfin, pour la mort d'Emma, la gouvernante de Hawkins, c'est plutôt le hasard qui en est responsable. Dans sa recherche d'un nouvel emploi, elle est venue nous proposer ses services à la clinique, tout en lâchant imprudemment à Jack qu'elle devait ensuite se rendre à l'étude pour apporter à Harker une lettre de Hawkins, une lettre qui contenait peut-être des détails compromettants et dont je ne pouvais prendre le risque, en tout cas, qu'elle arrive entre les mains de Jonathan. Je me suis donc également résolu à faire disparaître la pauvre fille… bien qu'elle n'ait rien à voir avec cette histoire. Elle n'a pas eu de chance… voilà tout.

Récit de Jonathan (suite)

…Je frissonnai, moi qui avais rêvé le meurtre de Renfield dans un cauchemar bouillonnant de rouge dont je n'avais pas saisi le sens; je frissonnai autant à cause de la cruauté de ces trois assassinats que du cynisme avec lequel, empalé, face à sa mort prochaine, le professeur en faisait le récit. Et encore n'étions-nous pas au bout de nos surprises avec Van Helsing!

Mais, pour l'heure, le plus urgent était de retrouver Lucy. Dracula resta auprès de Van Helsing tandis qu'Arthur et moi partions à sa recherche. Nous fouillâmes l'asile de fond en comble pour finalement nous rendre à l'évidence: Lucy ne s'y trouvait pas. Mais alors, où pouvait-elle bien être?... sinon au 138 Piccadilly Street! Nous repartîmes donc tous les deux en sens inverse, par le sinistre souterrain. D'abord, l'hôtel particulier nous sembla vide de tout occupant, mais au moment où nous allions renoncer, Arthur entendit un son étrange, presque imperceptible, comme un sifflotement. Nous cherchâmes d'où il venait et nous finîmes par arriver devant la porte d'une pièce de l'avant-dernier étage, isolée tout au bout d'un petit couloir et qu'aucun de nous deux ne se rappelait avoir jamais visité. Après avoir hésité un instant, je poussai doucement la porte: Lucy était allongée, nue, sur une table de vivisection, le visage figé comme une morte, subissant les assauts de ce monstre de Seward qui sifflait en la violentant tandis que, avec effroi, je remarquai, sur un guéridon, à portée de sa main, toute une collection d'instruments de chirurgie: pinces, tenailles, scalpels de toutes dimensions. Seward, les yeux hagards, portant des gants de chirurgie, avait dessiné sur le corps nu de Lucy des marques, des pointillés, destinés à donner des repères de vivisection... car il s'apprêtait bel et bien à l'autopsier « vivante »!!!...

Nous nous jetâmes aussitôt, Arthur et moi, sur le médecin fou qui, un instant stupéfait, se mit à se débattre pour nous échapper, saisit pour se défendre un des scalpels… que, dans la mêlée, il se planta lui-même dans le ventre; il était mort en quelques minutes sans que nous ayons rien pu faire pour lui. Et je dois à la vérité de dire que même si nous l'avions pu… Porter secours à Lucy fut notre seule préoccupation: nous l'enveloppâmes dans une chemise trouvée dans un placard par-dessus laquelle Arthur lui fit enfiler sa veste. Nous essayâmes de la tirer de son état cataleptique, mais rien n'y fit. Elle avait les yeux ouverts, mais ne semblait rien voir, ni personne. Elle respirait normalement, mais ne donnait pas l'impression de vivre. C'était effrayant. Nous la descendîmes au salon, l'installâmes sur un confortable divan, la recouvrîmes d'une couverture et, pendant qu'Arthur restait à son chevet en attendant mon retour (il n'était pas question de la laisser là, seule, dans cet état, après ce qu'elle venait de subir) je rejoignis Dracula dans le bureau de Seward où Van Helsing, transpercé de part en part par le pieu, n'en finissait pas de rendre son âme au diable.

Dracula me raconta comment, alors qu'il venait libérer le pauvre Renfield, il avait été surpris, dans les sous-sols où nous l'avions découvert, par les deux hommes qui l'avaient ceinturé, bâillonné et drogué. C'est ce même soir que Renfield avait été assassiné.

— Ne t'es-tu donc jamais demandé, Jonathan, m'interrogea le comte, pourquoi j'avais soudain décidé de quitter mon pays et de venir m'installer à Londres?

J'avoue que la question ne m'avait jamais effleuré — pas sous cette forme, en tout cas. Et le comte d'ajouter au récit de Van Helsing sa version de l'histoire, qui expliquait la haine quasi viscérale que paraissait lui vouer notre ex-ami.

Récit du comte Dracula

C'est Renfield qui m'a appelé à l'aide par-delà les mers !

Il y a quelques années, lorsqu'il est rentré en Angleterre, après avoir séjourné en Transylvanie, il m'a écrit pour me dire qu'il avait rencontré quelqu'un avec qui il entretenait des liens affectifs très forts. Il espérait pouvoir vivre pleinement, au grand jour, cette aventure, mais cette idée ne fut pas du goût de l'intéressé : il s'agissait d'Abraham Van Helsing. Celui-ci a tenté alors, par tous les moyens, de convaincre Renfield de se contenter d'une liaison secrète. Puis sont venues les intimidations et les menaces. Renfield en fut profondément chagriné et tomba dans une sorte de mélancolie. Mais là n'est pas la véritable cause de sa tragédie.

Renfield était venu en Transylvanie durant l'été 1888, et il était rentré en Angleterre à la fin du mois de septembre. Or, pendant son séjour dans les Carpates, le Royaume Uni avait été secoué par une véritable onde de choc : L'AFFAIRE JACK L'ÉVENTREUR ! La plus terrible série de meurtres de tous les temps qui avait vu un diabolique assassin s'attaquer de la plus abominable des façons à ses victimes, pour la plupart des prostituées, en les éviscérant ! Tout le pays avait tremblé à l'idée qu'un criminel aussi monstrueux vivait caché au milieu de la population sans que l'on puisse le démasquer. Puis on avait appris que l'odieux assassin n'avait pu agir seul, qu'il avait forcément un complice, sans doute un médecin, vu la subtilité du « travail de découpage » opéré sur les cadavres. Or Renfield, un jour, malgré lui, surprit Van Helsing et son élève d'alors, Jack Seward, en train de nettoyer les ustensiles chirurgicaux qui avaient servi pour tuer la dernière victime de Jack l'Éventreur : Mary Jane Kelly. Renfield avait ainsi fait la fatale découverte : VAN HELSING ET JACK SEWARD ÉTAIENT À EUX DEUX UNE SEULE ET MÊME PERSONNE : JACK L'ÉVENTREUR ! Confronté à cette terrifiante réalité — l'homme qu'il aimait était simplement un monstre —, Renfield avait, cette fois, sombré dans la folie, et Van Helsing s'était alors arrangé pour obtenir son internement. Puis il avait réussi à faire nommer Jack Seward directeur de l'asile, avant de regagner Amsterdam afin d'effacer toute piste pouvant suggérer un lien entre le respectable professeur et l'Éventreur de Whitechapel.

Mais ce que Van Helsing a longtemps ignoré, c'est que ce brave Renfield entretenait avec moi un lien télépathique, un lien qui cependant fut rompu à partir du moment où le pauvre garçon fut abruti de médicaments par Seward.

De mon côté, Renfield ne m'ayant rien « dit » de sa découverte, je pensai à une véritable maladie et me résignai à cette rupture en attendant qu'il aille mieux… jusqu'au jour où, au cours d'un voyage à Amsterdam, je rencontrai par hasard Van Helsing et m'aperçus qu'il portait au doigt une bague que j'avais moi-même offerte à Renfield : les objets conservent en eux une part de l'âme de leur propriétaire, et par la bague j'ai su que Renfield était en danger. Mais je ne pouvais rien pour lui, j'ai tenté maintes fois, en vain, de rétablir un contact télépathique, je ne savais même pas où il se trouvait. À cette époque, Van Helsing vivait avec un jeune homme que j'ai séduit ; tu le connais, Jonathan, puisque tu l'as rencontré au château : il s'agit de « mon ange blond ». Ce jeune homme a quitté Van Helsing, après lui avoir écrit une lettre de rupture, pour me suivre dans mon pays* et, depuis ce jour, Van Helsing n'a eu de cesse de se venger, prêt à tout pour parvenir à ses fins, prêt à liguer la terre entière contre moi et, par la même occasion, à faire disparaître tout risque, à l'avenir, qu'on l'accuse des crimes qu'il a commis — en me les faisant endosser !

Van Helsing était comme bon nombre de nos contemporains, Jonathan, il préférait se réfugier dans la calomnie (quitte à faire payer ses crimes à un autre), plutôt que de voir révélé aux yeux du monde (et peut-être également aux siens) quel monstre il abritait en lui-même ! L'être humain est ainsi, Jonathan, il a besoin de créer des monstres au-dehors de lui pour éviter de contempler sa propre image.

---

* Je repensai aussitôt à la lettre signée d'une mystérieuse lettre « L » (« Je pars. Ne cherche pas à me retrouver. J'ai rencontré mon maître. ») dont m'avait parlé Seward au cours d'une discussion sur le passé amoureux de Van Helsing ! Tout devenait clair. (Note de Jonathan.)

Journal de Jonathan (suite), le 6 novembre

Je vais pouvoir abandonner ce Journal, au propre comme au figuré. Je ne doute pas qu'il soit impubliable, le récit que j'y ai consigné comporte trop de vérités capables d'ébranler le système dans lequel nous vivons. C'est la vie qui est ainsi : nous sommes habitués au mensonge qui rassure, tandis que la vérité nous fait peur, et je crains bien que les générations futures aient beaucoup de mal à changer cela ; il leur faudra en tout cas plus de tolérance et d'intelligence que n'en ont les gens de mon temps.

L'essentiel aujourd'hui est que nous ayons sauvé Lucy, que nous l'ayons arrachée aux griffes de ces deux fous, et qu'apparemment — nous l'espérons tous —, elle ne gardera aucune séquelle de cette épouvantable histoire. Mina, hors de danger elle aussi, est folle de joie d'avoir retrouvé Lucy, son amie, presque sa sœur.

Arthur a renoncé à rentrer en Amérique.

C'est que, grâce au comte, comme j'ai découvert en Transylvanie ce que je n'avais jamais osé imaginer sur mes désirs profonds, Arthur, lui, a découvert ce que je n'osais espérer : que je lui inspirais la même attirance que j'avais éprouvée pour lui dès notre rencontre. Arthur et moi sommes désormais inséparables ! Et afin de ne pas vivre un enfer dans cette société prude qui nous condamnerait sans pitié, nous avons décidé de participer, nous aussi, au mensonge collectif et de donner le change en nous mariant… tous les quatre : Arthur va épouser Lucy, et moi Mina. Nous vivrons dans deux maisons contiguës et communicantes. Aux yeux du monde, nous serons deux couples parfaits, rangés, sans histoire, et personne ne saura jamais que la nuit, Lucy et Mina dorment ensemble tandis que, de notre côté, Arthur et moi sommes enlacés dans les bras l'un de l'autre.

Je n'oublierai jamais, comte Dracula, tout ce que je vous dois ! Vous m'avez révélé celui qui dormait, tapi au fond de moi ; vous m'avez donné le courage de le regarder en face sans en rougir ; et vous m'avez appris à préserver cette part d'ombre qui fait peur à tous ceux qui ne savent pas encore ! Je me sens un homme libre dans le carcan que nous impose cette époque rigoriste. S'il faut porter un masque, portons-le ; le vrai visage est derrière, nous le savons tous ! Peut-être un jour, après tout, publierai-je mon Journal de voyage ?... Quand le regard des autres aura changé !

...Dracula nous a quittés ce matin pour reprendre le bateau, le « Tzarine Catherine », à destination de Varna, sur la mer Noire, d'où il regagnera son château et celui qui l'y attend, le mystérieux jeune homme blond.

Lorsque, au moment où il montait sur le bateau, je demandai au comte pourquoi son compagnon ne l'avait pas suivi à Londres, il eut cette réponse sibylline :

— Il n'est pas encore prêt, mais bientôt il fera parler de lui, tu verras !

— Au fait, cher comte Dracula, questionnai-je encore, comment s'appelle-t-il donc, cet « ange » blond ?

— Lestat ! me répondit-il dans un sourire plein de tendresse.

Achevé d'imprimer en mars 2006
par Brodard & Taupin à La Flèche
pour le compte de

H&O
ÉDITIONS

BP 90 - 34502 Béziers cedex
Tél. 04 99 43 05 52 - Fax 04 67 35 14 23
E.mail : heto1@wanadoo.fr
Internet : www.ho-editions.com
N° d'imprimeur : 34599
Dépôt légal : avril 2006
Imprimé en France